KB107396

# 김학공전

서유경 옮김

**박문사**

# 머리말

 〈김학공전〉은 조선후기 사회에서 신분 갈등이 빚어낸 대립과 해결을 소재로 한 소설이다. 〈김학공전〉은 활자본으로도 만들어진 작품이기에 대중적으로 읽혔을 가능성이 높다. 이 소설은 양반 주인에 대한 노비들의 반기라는 좀 딱딱한 소재를 다루고 있어 건조한 느낌도 있으나, 무너진 집안을 일으키기 위해 노력을 다하는 주인공의 일생을 따라 가다 보면 흥미로운 장면들을 곳곳에서 만난다.

 〈김학공전〉은 설화로 향유되던 추노 이야기와 관련이 있다. '추노'는 도망간 노비를 찾아오는 것을 말한다. 추노 이야기는 주인과 노비 관계에 있는 인물들 사이에서 일어난 갈등이 신분 제도를 위협하는 데까지 나아갈 수 있음을 보여준다. 대개의 경우 추노 이야기는 주인 집안의 몰락 등으로 인하여 노비들이 도망하자 주인이 도망한 노비를 찾으러 가고, 이 과정에서 도망한 노비에게 주인이 살해되거나 하여 추노에 실패하거나 또는 주인이 승리하는 결말을 맺는 구성을 보인다. 설화의 형태로 전해지는 추노 이야기는 이야기마다 결말이 다양하게 나타난다. 이는 이야기 집단의 의식에 따라 달라지는 것으로 생각할 수도 있겠다.

〈김학공전〉의 형성에 대한 연구에서는 〈김학공전〉이 문집 소재의 〈복수설〉을 근간으로 하고 있다고 밝혀진 바 있다. 〈복수설〉의 기본적인 줄거리는 도망한 노비를 찾아간 주인이 살해되고, 주인의 아들이 아버지를 찾아 나섰다가 노비의 딸과 결혼하고, 그 아들이 누구인지를 알게 된 노비가 살해하려 하였으나 노비의 딸이 자신을 희생하여 아들을 구하고, 결국 주인 아들이 반노들을 처벌하게 한다는 것이다.

〈김학공전〉은 이러한 추노 이야기와 양반 주인의 복수를 중요한 문제로 삼아 양반과 노비의 갈등에서 양반을 승리자로 만드는, 즉 복수를 통한 가문 회복의 논리로 이야기를 풀어나가고 있다. 〈김학공전〉의 이본은 5종 정도로 내용은 거의 비슷하다. 이본에 따라 다르다고 할 수 있는 내용은 작품의 배경이 중국이거나 한국이며, 주인공 김학공의 모친과 여동생이 죽지 않거나 죽는 정도이다. 이러한 이본들의 선후 관계나 형성에 대한 규명은 앞으로 더욱 연구되어야 할 부분인 것 같다.

이 책에서는 신구서림 간행본을 대상으로 하여 옮겼다. 〈김학공전〉의 주요 내용을 정리해 보면 다음과 같다.

재상 김태가 고향에서 지내다가 나이 들도록 아이가 없어 근심하다, 백일을 기도하면 일남 일녀를 두리라는 꿈을 꾸고 기도를 하여 일남 일녀를 얻게 된다. 남매의 이름은 학공과 미덕이다. 그런데 불행히도 학공의 부친 김태가 일찍 죽고, 부인과 아이들만 남게 되자 노비들이 주인집 사람들을 죽이고 도망칠 계교를 짠다. 노비들의 모반을 피하여 부인과 미덕은 도망을 가고 학공은 집안에 숨었다가 도망하여 서로 헤어지게 된다. 학공은 이리저리 헤매며 다니다가 어느 부잣집에서 들어가 자란다. 어느 정도 장성한 학공은 그 집에서 나와 섬으로 들어가게 되고, 그 섬에서 별선과 결혼한다.

별선과 학공은 잘 살지만 학공의 신분과 정체가 알려지자 섬사람들이 학공을 죽이고자 한다. 사람들의 계획을 미리 안 별선이 스스로 희생하여 학공은 무사히 섬에서 도망하게 된다. 섬에서 나간 학공은 부친의 죽마고우 황 정승 집에 머물며 공부하여 과거에 급제한다. 강주자사가 된 학공은 헤어졌던 모친, 미덕과 다시 만나고 별선은 부활하여 함께 부귀영화를 누린다.

〈김학공전〉의 핵심적인 이야기는 김학공이 가족과 헤어져 유랑하다가 자신의 가족을 해하려 한 노비들을 찾아 복수하는 것이다. 〈김학공전〉이 특징적인 것은 주인공 김학공이 고난을 겪고 이겨내는 과정이 그 개인의 성공이나 성취를 위한 것이 아니라는 점이다. 김학공이 수학하여 과거에 급제하는 성취를 보이기는 하지만 이는 자신과 자신의 가족을 죽이려 하고 도망간 노비들을 응징하기 위한 것이다. 그래서 학공의 일생은 개인적 성취나 가문의 회복보다는 복수를 우선적인 목표로 둔 것이라 할 만하다.

이러한 〈김학공전〉에서 보이는 복수 집념 때문에 중국 소설과의 관련성이 높다는 논의가 있기도 하였다. 그렇지만 복수라는 것 때문에 중국소설의 영향을 받았다고 하는 것 또한 무리가 있어 보인다. 개인의 복수이든 가문의 복수이든 죄에 대한 징벌이나 복수 의식은 많은 고전소설 작품에서 볼 수 있는 일반적인 것이기 때문이다.

〈김학공전〉을 읽으면서 왜 이런 이야기가 소설로 지어지고 읽혔을지를 생각해 보면 소설이 가진 사회 반영의 성격을 알 수 있을 것이다. 그리고 당시의 사회 문제라 할 수도 있는 추노 이야기가 당대 사람들에게만이 아니라 지금 우리의 문제가 될 수 있다면 어떤 것일지 생각하며 읽는다면 〈김학공전〉이 더 의미 있게 느껴지리라 기대한다.

이 책에서 〈김학공전〉의 원문은 활자본의 줄 배치대로 옮기면서 띄어쓰기를 하였다. 그리고 가능한 한 원전의 분위기를 지키는 방향으로 현대어로 옮겼다. 그런데 원문 상으로 문맥이 잘 잡히지 않아 어색한 부분들이 있어서, 그러한 경우 자연스럽게 연결되도록 현대어로 표현하였다. 이러한 작업 과정에서 오류를 최소화하기 위해 여러 차례 검토하고 수정했으나 여전히 어색하거나 바로잡아야 할 부분이 있을 것 같다. 옮긴이의 부족함으로 이해해 주시기 바란다. 현대어로 옮기면서 가장 어려웠던 문제는 항상 그러하듯이 어느 정도로 풀어쓸 것인가 하는 것이었다. 원칙적으로는 원문에 충실하게 옮기려고 하였다. 그렇지만 한글만으로 의미 전달이 부족한 경우에는 한자를 병기하였고, 생경한 어휘나 한자성어는 미주를 통해 풀이를 하거나 좀 더 편한 표현으로 바꾸었다. 독자께서 이러한 고민을 이해해 주시기 바란다.

이 책이 나오기까지 여러모로 도와주신 분들께 깊은 감사를 드리고 싶다. 좋은 책을 만들 수 있도록 허락해 주신 윤석현 사장님과 편집진께 감사드린다. 그리고 항상 독려해 주는 나의 사랑하는 가족에게 고마운 마음을 전하고 싶다.

서 유 경

# 차례

김학공전

# 1

화셜 디송년간에 강쥬 홍천부 북면에 혼 지상이 잇스니 셩은 김이오 명은 티니 셰셰

로 스환이 쯔치지 안이후고 티에게 이르러 쇼년 등과후여 벼슬이 낭쳥에 밋쳣더니

풍진 환로에 뜻이 업셔 상쎄 하직후고 고향에 도라와 달 아러 고기 낙기와 구름 속에

밧 갈기를 일 숨아 롱업을 힘써 가산이 요부홈이 동니 스룸들이 김 상즈라 칭후여 셰

상에 그릴 것이 업스되 연긔 스십에 슬후가 젹막후여 일졈혈육이 업슴이 그 부인 최

씨로 더부러 미양 탄식으로 셰월을 보니더니 일일은 김 낭쳥이 츈흥을 못 익이여 셔

안에 의지후얏더니 혼 빅발로인이 쳥녀장을 집고 와 이로디 영보산 운슈암에 올느

가 빅일을 긔도후고 지셩으로 츅슈 발원후면 일남일녀를 두리라 후고 문득 간 데 업

거날 놀느 씨다르니 남가일몽이라 낭쳥이 신긔히 역여 안으로 드러가 부인에게 몽

화설. 대송 연간에 강주 홍천부 북면에 한 재상이 있으니 성은 김이요, 명은 태니 세세로 사환(仕宦)이 끊어지지 아니하고 태에게 이르러 소년 등과하여 벼슬이 낭청(郎廳)에 미쳤더니 풍진 환로에 뜻이 없어 상께 하직하고 고향에 돌아와 달 아래 고기 낚기와 구름 속에 밭 갈기를 일 삼아 농업을 힘써 가산이 요부하매 동리 사람들이 김 상자라 칭하여 세상에 그릴 것이 없으되 나이 사십에 슬하가 적막하여 일점혈육이 없으매 그 부인 최씨와 더불어 매양 탄식으로 세월을 보내더니 일일은 김 낭청이 춘흥을 못 이기어 서안(書案)에 의지해 앉아 있었더니 한 백발노인이 청려장(靑藜杖)을 짚고 와 이르되

"영보산 운수암에 올라가 백일을 기도하고 지성으로 축수 발원하면 일남(一男) 일녀(一女)를 두리라."

하고 문득 간 데 없거늘 놀라 깨달으니 남가일몽(南柯一夢)이라.

낭청이 신기히 여겨 안으로 들어가 부인에게

소를 낫낫치 말숨ㅎ고 즉시 길일을 턱ㅎ야 목욕지계ㅎ고 영보
산 운슈암에 올나가
지셩으로 빅일을 긔도ㅎ고 도라왓더니 과연 그달부터 잉티ㅎ
야 십삭에 일기 옥동

몽사를 낱낱이 말씀드리고 즉시 길일을 택하여 목욕재계하고 영보산 운수암에 올라가 지성으로 백일을 기도하고 돌아왔더니, 과연 그달부터 잉태하여 열 달 만에 일개 옥동을

을 싱호니 낭쳥이 크게 깃거호야 아희를 보니 긔골이 장뎌호야 타일에 반다시 긔남

ᄌ가 되깃더라 일홈을 학공이라 ᄒ야 장중보옥ᄀᆺ치 스랑ᄒ더니 숨년 후에 최씨가

쏘 잉틱 십 삭만에 일긔 옥녀를 느으니 인물이 비범ᄒ여 필경 녀중군ᄌ가 될너라 일

홈을 미덕이라 ᄒ야 날노 스랑ᄒ더니 고진감릭와 홍진비릭는 스룸의 상ᄉ라 낭쳥

이 홀연 득병ᄒ야 빅약이 무효ᄒ니 스스로 일지 못홀 쥴 혜아리고 부인과 학공의 손

을 줍고 탄식ᄒ야 왈 닉 병이 회츈치 못홀지라 닉 나이 스십여 셰라 단명ᄒ다는 말은

면ᄒ려니와 미셩년훈 ᄌ녀들을 부인에게 부탁ᄒ고 셰상을 ᄒ직ᄒ니 지ᄒ에 도라

간들 엇지 눈을 감으리오 허다훈 노비젼답을 쥬장무인[1] ᄒ깃스니 이 일을 장ᄎ 엇지

ᄒ리오 셰상ᄉ를 싱각홈이 흉격[2]이 믹히여 낫낫치 말을 못ᄒ 깃노라 ᄒ며 슬푼 눈물

생(生)하니 낭청이 크게 기뻐하여 아이를 보니 기골이 장대하여 앞으로 반드시 기남자가 되겠더라. 이름을 학공이라 하여 장중보옥같이 사랑하더니 삼년 후에 최씨가 또 잉태하여 열 달 만에 일개 옥녀를 낳으니 인물이 비범하여 필경 여중군자가 될러라. 이름을 미덕이라 하여 날로 사랑하더니 고진감래(苦盡甘來)와 흥진비래(興盡悲來)는 사람의 상사(常事)라. 낭청이 홀연 득병하여 백약이 무효하니 스스로 일어나지 못할 줄 헤아리고 부인과 학공의 손을 잡고 탄식하여 말하기를

"내 병으로 회춘치 못할지라. 내 나이 사십여 세라. 단명(短命)한다는 말은 면하려니와 아직 다 자라지 못한 자녀들을 부인에게 부탁하고 세상을 하직하니 지하에 돌아간들 어찌 눈을 감으리오. 허다한 노비와 전답을 주장무인(主張無人) 하겠으니 이 일을 장차 어찌하리오. 세상사를 생각하매 가슴속이 막히어 낱낱이 말을 못하겠노라."

하며 슬픈 눈물이

이 옷깃을 젹시더니 인ᄒ야 명이 진ᄒ니 시년이 ᄉ십륙 셰라 일기 망극ᄒ야 곡셩이

진동ᄒ고 부인은 자로 긔졀ᄒ거날 학공이 모친을 위로 왈 복망 모친은 과히 슬허 마

옵소셔 ᄒ고 이걸ᄒ니 부인이 겨우 졍신을 슈습ᄒ야 쵸죵범졀을 졍셩을 다ᄒ야 마

친 후 눈물노 셰월을 보니더니 잇ᄯ 노자 등은 상젼의 쥬간무인홈을 인ᄒ야 졈졈 강

옷깃을 적시더니 인하여 명이 진(盡)하니 그때 나이가 사십육 세라. 일가(一家)가 망극하여 곡성이 진동하고 부인은 자주 기절하거늘 학공이 모친을 위로하여 말하기를

"간절히 바라옵건대 모친은 과(過)히 슬퍼 마옵소서."

하고 애걸하니 부인이 겨우 정신을 수습하여 초종범절(初終凡節)을 정성을 다하여 마친 후 눈물로 세월을 보내더니 이때 사내종 등은 상전의 주간(主幹) 무인(無人)함을 인하여 점점

셩훈지라 노자 즁 박명셕이라 ㅎ는 놈이 훈 흉게를 싱각ㅎ고 져의 동류를 쳥ㅎ야 의

론 왈 우리가 미양 남의 죵 노릇만 홀 것 업시니 지금 상젼이 부인과 어린 아ᄒᆡ뿐이라

잇쎠를 타셔 상젼을 다 죽이고 금은보화를 탈취ㅎ야 가지고 무량 긔도 셤에 가 량민

이 됨이 엇더ㅎ뇨 ㅎ니 모든 노쇽이 일시에 응락ㅎ거날 명셕이 졔인에게 허락을 밧

은 후 ㅎ는 말이 그딕 등 뜻이 이러홀진딕 모월 모일에 잔치를 비셜ㅎ고 그날노 계교

를 ᄒᆡᆼㅎ자 ㅎ고 각각 도라간이라 잇쎠에 학공의 유모가 맛춤 명셕의 집에 갓다가 이

갓흔 의논ㅎ는 말을 엿드른 후에 마음이 썰니고 가슴이 셔늘ㅎ야 감안이 싱각훈즉

이 말을 부인에게 고ㅎ면 너가 그놈에게 죽을 것이오 안이 고ㅎ면 인졍 쇼지에 춤아

못홀 비라 ㅎ고 유예미결ㅎ던 ᄎᆞ에 일일은 노자 졔인이 잔치를 비셜훈다 ㅎ거날 유

강성한지라. 사내종들 중 박명석이라 하는 놈이 한 흉계를 생각하고 저의 동류를 청하여 의논하여 말하기를

"우리가 매양 남의 종노릇만 할 것 없으니 지금 상전이 부인과 어린 아이뿐이라. 이때를 타서 상전을 다 죽이고 금은보화를 탈취하여 가지고 무양 계도 섬에 가 양민이 됨이 어떠하뇨?"

하니 모든 노속(奴屬)이 일시에 응낙하거늘 명석이 제인(諸人)에게 허락을 받은 후 하는 말이

"그대 등의 뜻이 이러할진대 모월 모일에 잔치를 배설하고 그날로 계교를 행하자."

하고 각각 돌아가니라.

이때에 학공의 유모가 마침 명석의 집에 갔다가 이 같이 의논하는 말을 엿들은 후에 마음이 떨리고 가슴이 서늘하여 가만히 생각한즉

'이 말을 부인에게 고하면 내가 그놈에게 죽을 것이요, 아니 고하면 인정에 차마 못할 바라.'

하고 유예미결(猶豫未決)하던 차에 일일은 사내종들이 잔치를 배설한다 하거늘 유모가

모 마지 못ᄒ야 드러가 부인게 이 말을 자셰히 고ᄒ고 정신
업시 안져 눈물을 흘니거

날 부인이 이 말을 드르미 텯디가 아득ᄒ야 긔졀ᄒ얏다가 반향
만에야 겨우 정신을

ᄎ려 가슴을 두다리며 ᄒᄂᆫ 말이 이것이 어인 말이고 이러ᄒᆫ
흉계가 잇스되 망연히

아지 못ᄒ고 이갓ᄒᆫ 대환을 당ᄒ니 이 일을 장ᄎᆞ 엇지ᄒ리오
미덕과 나의 목슘은 고

마지못하여 들어가 부인께 이 말을 자세히 고하고 정신없이 앉아 눈물을 흘리거늘 부인이 이 말을 들으매 천지가 아득하여 기절하였다가 반향(半晌) 만에야 겨우 정신을 차려 가슴을 두드리며 하는 말이

"이것이 어인 말이고? 이러한 흉계가 있으되 망연히 알지 못하고 이 같은 대환(大患)을 당하니 이 일을 장차 어찌하리오. 미덕과 나의 목숨은

# 4

스흐고 만일 학공을 죽이면 김씨의 향화를 뉘라셔 밧들니요 세상 텬흐에 이갓치 망

극흔 일이 어대 잇스리오 바라건대 유모는 조흔 묘칙을 싱각흐야 학공을 살녀 쥬면

은혜를 황텬에 도라간 고혼이라도 갑흘 것이니 깁히 싱각흐라 흐고 눈물이 비오듯

흐니 그 춤혹흔 경상은 일월이 무광흐고 쵸목금슈가 다 슬허흐더라 유모 다시 고왈

쥬스야탁에 아모리 싱각흐야도 조흔 게교 업스오나 인명이 지텬이라 흐오니 셜마

엇더흐오릿가 흔대 부인이 유모를 붓들고 통곡 왈 유모의 슈단으로 살지 못흐면 노

자 등 남녀노쇼 업시 낫낫치 불너 우리 집 지물을 분급흐야 쇽냥흐야 쥬고 목슘을 보

젼흐깃스니 모다 대려오라 흔대 유모 흐는 말이 아모리 싱각흐와도 져의들이 계교

를 임의 정흐엿스오니 듯지 안이흐올지라 미리 피신홈만 ╱지 못흐오니 깁히 싱각

고사하고 만일 학공을 죽이면 김씨의 향화(香火)를 뉘라서 받들리오. 세상 천하에 이같이 망극한 일이 어디 있으리오. 바라건대 유모는 좋은 묘책을 생각하여 학공을 살려 주면 은혜를 황천에 돌아간 고혼(孤魂)이라도 갚을 것이니 깊이 생각하라."

하고 눈물이 비 오듯 하니 그 참혹한 모습은 일월(日月)이 무광(無光)하고 초목금수가 다 슬퍼하더라.

유모가 다시 고하기를

"주사야탁(晝思夜度)에 아무리 생각하여도 좋은 계교 없사오나 인명(人命)이 재천(在天)이라 하오니 설마 어떠하오리까?"

한대 부인이 유모를 붙들고 통곡하며 말하기를

"유모의 수단으로 살지 못하면 사내종들 등 남녀노소 없이 낱낱이 불러 우리 집 재물을 분급하여 속량(贖良)하여 주고 목숨을 보전하겠으니 모두 데려오라."

한대 유모가 하는 말이

"아무리 생각하와도 저희들이 계교를 이미 정하였사오니 듣지 아니 하올지라. 미리 피신함만 같지 못하오니 깊이 생각

ᄒ옵소셔 부인 왈 도망을 ᄒ자ᄒᆞᆫ들 져놈의 비포셜심이 이ᄀᆞ치 강셩ᄒ얏시니 혈혈
약질이 어린 자녀를 다리고 굴 슈도 업고 안이 굴 슈도 업시니 이 일을 장ᄎ 엇지 ᄒᆞᆫ
말고 ᄒᆞ며 학공을 붓들고 실셩통곡 왈 슬푸다 너의 부친이 날과 무삼 연분이 지즁ᄒ
야 년긔 스십에 자식이 업셔 셜허ᄒ다가 너의 남미를 엇어 후스를 젼코자 ᄒ얏더니

하옵소서."

부인이 말하기를

"도망을 하자한들 저놈의 배포와 결심이 이같이 강성하였으니 혈혈(子子) 약질(弱質)이 어린 자녀를 데리고 갈 수도 없고 아니 갈 수도 없으니 이 일을 장차 어찌 하잔 말인고?"

하며 학공을 붙들고 실성통곡하여 말하기를

"슬프다. 너의 부친이 나와 무슨 연분이 지중하여 나이 사십에 자식이 없어 슬퍼하다가 너희 남매를 얻어 후사를 전하고자 하였더니

조물이 시긔ᄒ야 불ᄒᆡᆼ히 너의 부친이 일즉이 셰샹을 버리시니 맛당히 뒤를 ᄯᅡ르고

져 ᄒ나 너의 남미를 싱각ᄒ고 망망ᄒᆫ 텬디 간에 구ᄎ히 살앗다가 이갓흔 망극지변

을 당ᄒ니 어느 친쳑이 잇셔 구졔ᄒ리오 옥황샹졔게 비나이다 유유창텬은 무죄ᄒᆫ

인싱을 구버 살피시옵소셔 ᄒ고 무슈히 통곡ᄒ다가 ᄒᆫ 게교를 싱각ᄒ고 ᄯᅡᇰ을 깁히

파고 학공을 그 속에 넛코 노비 젼답 문셔를 면쥬 젼대에 너어 허리에 ᄯᅴ고 먹을 것을

만히 넛코 빈곱ᄒ거든 이것을 먹고 문셔를 잘 간슈ᄒ얏다가 요ᄒᆡᆼ ᄉ라나거든 우리

원슈를 갑게 ᄒ여라 슬푸다 우리도 ᄉ라나셔 너와 ᄒᆫ가지로 다시 만나 살면 텬ᄒᆡᆼ이

요 불연이면 ᄒᆫ 칼에 삼모자가 다 죽을 것이니 조심ᄒ야 잘 잇거라 ᄒ며 슬푼 눈물노

이별ᄒᆯ 졔 학공은 모친의 치마를 붓들고 통곡ᄒ며 모친은 학공의 손을 잡고 울다가

조물이 시기하여 불행히 너의 부친이 일찍이 세상을 버리시니 마땅히 뒤를 따르고자 하나 너희 남매를 생각하고 망망한 천지간에 구차히 살았다가 이 같이 망극(罔極)한 변을 당하니 어느 친척이 있어 구제하리오? 옥황상제께 비나이다. 유유창천(悠悠蒼天)은 무죄한 인생을 굽어 살피시옵소서."

하고 무수히 통곡하다가 한 계교를 생각하고 땅을 깊이 파고 학공을 그 속에 넣고 노비 전답 문서를 명주 전대에 넣어 허리에 띠고 먹을 것을 많이 넣고

"배고프거든 이것을 먹고 문서를 잘 간수하였다가 요행 살아나거든 우리 원수를 갚도록 하여라. 슬프다. 우리도 살아나서 너와 한가지로 다시 만나 살면 천행이요. 그렇지 않으면 한 칼에 삼모자가 다 죽을 것이니 조심하여 잘 있거라."

하며 슬픈 눈물로 이별할 제 학공은 모친의 치마를 붙들고 통곡하며 모친은 학공의 손을 잡고 울다가

자로 혼절ᄒ니 그 가련ᄒ 경상을 참아 엇지 보리오 눈물 안니
흘니 리 업더라 어ᄉ지

간에 밤이 임의 집허가니 홀 일 업셔 학공의 손을 놋코 울며
이별ᄒᆯ 졔 학공아 학공아

부대부대 잘 잇거라 학공이 모친의 나삼을 붓들고 통곡ᄒ며
모친은 소자를 예다 두

시고 어대로 가랴 ᄒ시나잇가 모친은 쇼자의 목슘을 도모ᄒ려
ᄒ시고 이리 ᄒ시오

자주 혼절하니 그 가련한 경상을 참아 어찌 보리오. 눈물 아니 흘릴 이 없더라. 어사지간(於斯之間)에 밤이 이미 깊어가니 하릴없어 학공의 손을 놓고 울며 이별할 제

"학공아, 학공아. 부디부디 잘 있거라."

학공이 모친의 나삼을 붙들고 통곡하며

"모친은 소자를 여기다 두시고 어디로 가라 하시나이까? 모친은 소자의 목숨을 도모하려 하시고 이리 하시오나

# 6

나 모친을 써러져 일시인들 엇지 견대오며 잠을 잔들 엇지 눈을 감ᄉ오릿가 인간에

이별이 만ᄉ와도 우리 ㄱ튼 모자 이별이 어대 잇ᄉ오릿가 이럿타시 이통ᄒ니 부인

이 학공을 달닉여 왈 우지 말고 잘 잇거라 닉 텬힝으로 살아나면 다시 만나려니와

불힝ᄒ면 다시 만ᄂᆞ지 못홀 터이니 너는 부대 신명을 보젼ᄒ여 텬슈를 기다려 원슈

를 갑게 ᄒ라 ᄒ며 이통ᄒ니 부인의 별자지훈과 학공의 이친지정은 일월이 무광ᄒ

고 초목이 슬허ᄒ더라 명명ᄒ신 텬도가 엇지 디즁흔 졍셰를 모로리오 잇써 부인의

ᄂᆞ은 ᄉ십이오 학공의 나은 오 셰오 미덕의 나은 숨 셰라 학공이 비록 오셰 소아나 인

ᄉ를 아ᄂᆞ지라 부인이 ᄒ날게 비러 왈 텬디신명과 일월셩신은 ᄒ감ᄒ옵소셔 무죄

흔 인싱이 죵의 숀에 죽게 되니 명텬은 살피ᄉ 원슈를 갑고 김씨의 향화를 굿치지 말

모친과 떨어져 일시인들 어찌 견디오며 잠을 잔들 어찌 눈을 감으오리까? 인간에 이별이 많아도 우리 같은 모자 이별이 어디 있사오리까?"

이렇듯이 애통하니 부인이 학공을 달래어 말하기를

"울지 말고 잘 있거라. 내 천행으로 살아나면 다시 만나려니와 불행하면 다시 만나지 못할 터이니 너는 부디 신명을 보전하여 천수를 기다려 원수를 갚게 하라."

하며 애통하니 부인이 아들과 이별하는 한과 학공이 모친과 이별하는 정은 일월이 무광하고 초목이 슬퍼하더라. 명명(明明)하신 천도(天道)가 어찌 지중한 정세를 모르리오.

이때 부인의 나이는 사십이요, 학공의 나이는 다섯 살이요, 미덕의 나이는 세 살이라. 학공이 비록 다섯 살 어린 아이나 인사(人事)를 아는지라. 부인이 하늘께 빌어 말하기를

"천지신명과 일월성신은 하감하옵소서. 무죄한 인생이 종의 손에 죽게 되니 명천은 살피사 원수를 갚고 김씨의 향화를 그치지 말게 하옵소서."

게 ᄒᆞ옵소셔 빌기를 다ᄒᆞ고 학공을 이별ᄒᆞ고 압흘 분간치 못ᄒᆞ
며 젹젹한 방에 도라
와 미덕을 안고 상에 의지ᄒᆞ야 조ᄒᆞ더니 비몽ᄉᆞ몽 간에 ᄒᆞᆫ 빅
발노인이 쳥려장을 집
고 와 이르대 싱ᄉᆞ가 경각에 잇거날 부인은 무슴 ᄌᆞᆷ을 이리
자ᄂᆞ뇨 미덕을 다리고
밧비 남으로 숨십 리만 가면 자연 구홀 ᄉᆞ람이 잇시리라 ᄒᆞ고
집헛든 쳥려장으로 상

빌기를 다하고 학공을 이별하고 앞을 분간치 못하며 적적한
방에 돌아와 미덕을 안고 상에 의지하여 졸더니, 비몽사몽간에
한 백발노인이 청려장을 짚고 와 이르되

　"생사가 경각에 있거늘 부인은 무슨 잠을 이리 자느뇨? 미덕
을 데리고 바삐 남쪽으로 삼십 리만 가면 자연 구할 사람이
있으리라."

　하고 짚었던 청려장으로 상을

## 7

을 치는 소리에 놀나 끼다르니 남가일몽이라 일변 몽스를 싱각

ㅎ고 깁분 마음이 간

졀ㅎ야 유모에게 몽스를 말ㅎ니 유모 엿즈오대 밤이 임의 숨경

이 되얏스온즉 미구

에 환을 당홀 터이오니 가다가 죽스와도 엇지 좌이대스를 ㅎ올

잇가 복망 부인은 밧

비 도망ㅎ옵소셔 ㅎ대 부인이 탄식 왈 가자ㅎ들 연연약질이

멀니 못 가셔 잡힐 것이

오 쪼ㅎ 학공을 예다 두고 참아 엇지 가리오 ㅎ신대 시비 츈심

이 엿자오되 쇼녀의 마

음에는 공자를 임의 감초앗스오니 부인은 이 길로 도망ㅎ시면

미구에 져놈들이 와

셔 부인과 공자가 업스면 도망혼 쥴 알고 뒤를 싸를 것이니

이쎄를 타 쇼비는 공즈를

다리고 도망ㅎ오면 혹 환을 면홀 듯ㅎ오니 부인은 급히 도망ㅎ

옵소셔 ㅎ대 부인 왈

그 말이 유리ㅎ니 부대 학공을 보즁ㅎ라 ㅎ고 시비 옥향과 유

모와 미덕을 다리고 문

치는 소리에 놀라 깨달으니 남가일몽이라. 일변 몽사(夢事)를 생각하고 기쁜 마음이 간절하여 유모에게 몽사를 말하니 유모가 여쭈되

"밤이 이미 삼경(三更)이 되었사온즉 머지않아 환을 당할 터이오니 가다가 죽사와도 어찌 앉아서 죽기를 기다리겠습니까? 간절히 바라오니 부인은 바삐 도망하옵소서."

한대 부인이 탄식하여 말하기를

"가자한들 연연약질(軟軟弱質)이 멀리 못 가서 잡힐 것이오. 또한 학공을 여기다 두고 차마 어찌 가리오."

하신대 시비 춘심이 여쭈되

"소녀의 마음에는, 공자를 이미 감추었사오니 부인은 이 길로 도망하시면 머지않아 저 놈들이 와서 부인과 공자가 없으면 도망한 줄 알고 뒤를 따를 것이니 이때를 타 소비(小婢)는 공자를 데리고 도망하오면 혹 환을 면할 듯 하오니 부인은 급히 도망하옵소서."

한대 부인이 말하기를

"그 말이 유리하니 부디 학공을 보중(保重)하라."

하고 시비 옥향과 유모와 미덕을 데리고 문을

을 나니 학공의 형용이 눈에 암암ᄒ야 ᄒᆫ 거름에 ᄒᆫ숨 쉬고 두 거름에 눈물지며 남텬

을 바라고 가더니 대희를 당홈이 흉격이 믹히여 통곡 왈 뒤에ᄂᆞᆫ 날닌 칼이 쫏고 압헤

ᄂᆞᆫ 대희가 막혀스니 이졔ᄂᆞᆫ 쥭기를 면치 못ᄒᆞ깃도다 ᄒᆞ고 슬피 우다가 ᄒᆫ편을 바라

보니 쳥의동ᄌᆞ가 일엽쇼션을 타고 쳐ᄉᆞ가를 부르며 지나거날 부인이 눈물을 그치

나서니 학공의 형용이 눈에 암암하여 한 걸음에 한숨 쉬고 두 걸음에 눈물지며 남천을 바라고 가더니 대해를 당하매 가슴이 막히어 통곡하여 말하기를

"뒤에는 날랜 칼이 쫓고 앞에는 대해가 막혔으니 이제는 죽기를 면치 못하겠도다."

하고 슬피 울다가 한편을 바라보니 청의동자가 일엽소선(一葉小船)을 타고 처사가를 부르며 지나거늘 부인이 눈물을 그치고

# 8

고 웨여 왈 희상 션동은 쥭게 된 인싱을 살니소셔 동지 비에 올으기를 쳥ᄒᆞ며 왈 엇

더훈 부인이완대 콜 바를 아지 못ᄒᆞ고 희상을 방황ᄒᆞ시나닛가 부인이 대왈 ᄂᆞ는

산즁에 길을 일코 다니다가 이곳에 이른즉 희즁에 션쳑이 업슴으로 방황ᄒᆞ더니 맛

참 션동을 맛ᄂᆞ 비를 빌니시니 감ᄉᆞ흠을 ᄉᆞ레ᄒᆞᄂᆞ이다 ᄒᆞ고 미덕을 안고 유모와 옥

향을 다리고 비에 올으니 ᄲᆞ르기 살ᄀᆞ더니 문득 언덕에 대이고 ᄂᆞ리기를 쳥ᄒᆞ니 부

인이 ᄂᆞ리면셔 문왈 션동은 어대 계시며 존호를 뉘라 ᄒᆞ시며 이곳셔 홍쳔부 북면이

얼마ᄂᆞ 되ᄂᆞ닛가 동지 답왈 그곳이 일쳔 ᄉᆞᆷ빅니이옵거니와 ᄉᆞ희 팔방에 졍쳐 업시

단이ᄂᆞ ᄉᆞ룸이야 알아 쓸데업도다 ᄒᆞ고 문득 간 데 업거날 부인이 그계야 젼일 몽ᄉᆞ

외쳐 말하기를

"해상(海上) 선동(仙童)은 죽게 된 인생을 살리소서."

동자가 배에 오르기를 청하며 말하기를

"어떠한 부인이관데 갈 바를 알지 못하고 해상을 방황하시나
니까?"

부인이 대답하기를

"나는 산중에 길을 잃고 다니다가 이곳에 이른즉 해중(海中)
에 선척이 없으므로 방황하더니 마침 선동을 만나 배를 빌렸으
니 감사하여 사례하나이다."

하고 미덕을 안고 유모와 옥향을 데리고 배에 오르니, 빠르
기가 살 같더니 문득 언덕에 대이고 내리기를 청하니 부인이
내리면서 묻기를

"선동은 어디 계시며 존호를 뉘라 하시며 이곳에서 홍천부
북면이 얼마나 되나이까?"

동자가 답하기를

"그곳이 일천 삼백 리 먼 곳이거니와 사해 팔방에 정처 없이
다니는 사람이야 알아 쓸데없도다."

하고 문득 간 데 없거늘 부인이 그제야 전일 몽사를

를 싱각호고 무슈히 스례호고 남으로 가더니 혼 뫼를 너머 가
니 산슈 슈려호고 긔화

요초논 란만혼데 층암절벽 스이로논 봉황공작이 쌍을 지어 왕
니호니 진짓 경긔 절

승호거날 긔굴도 즈심호고 발도 압호셔 쉬더니 문득 혼 녀승이
압흐로 지니가거날

부인이 공손이 문왈 스고논 어대 계신지 모르거니와 노샹 길
이른 스룸을 인도호

옵소셔 혼디 녀승이 답왈 소승은 명월암에 광션이옵거니와 부
인은 어대 계시오며

생각하고 무수히 사례하고 남으로 가더니 한 뫼를 넘어 가니 산수 수려하고 기화요초는 난만한데 층암절벽 사이로는 봉황, 공작이 쌍을 지어 왕래하니 짐짓 경개 절승하거늘 기갈도 자심하고 발도 아파서 쉬더니 문득 한 여승이 앞으로 지나가거늘 부인이 공손히 묻기를

"사고(師姑)는 어디 계신지 모르거니와 노상에서 길 잃은 사람을 인도하옵소서."

한대 여승이 답하기를

"소승은 명월암에 있는 광선이거니와 부인은 어디 계시오며

## 9

어대로 가시려 ᄒ시ᄂ닛가 부인이 답왈 졍쳐 업시 단이ᄂ 걸인

이오니 ᄉ고ᄂ ᄌ비

지심을 ᄂ리와 불상ᄒ 인셩을 구졔ᄒ옵소셔 ᄒ디 녀승 왈 부인

의 말슴을 듯ᄉ온즉

너무 가긍ᄒ온지라 쇼승을 ᄯ라가심이 엇더ᄒ시오닛가 ᄒ디

부인 왈 ᄉ고ᄂ 이ᄀ

치 이휼ᄒ시니 감ᄉᄒ외다 ᄒ디 녀승이 부인 일ᄒᆼ을 다리고

암ᄌ로 드러가니 잇쌔

ᄂ 맛참 츈삼월 호시졀이라 긔화요쵸ᄂ 만발ᄒ야 츈ᄉᆨ을 보고

웃ᄂ 듯ᄒ고 두견 졉

동은 ᄉ람의 슈심을 봇히ᄂ 듯ᄒ지라 부인이 학공을 ᄉᆼ각ᄒ고

쳬읍ᄒ거ᄂᆯ 녀승의

엿ᄌ오대 지금은 부인이 익운이 미진ᄒ시ᄂ 필경은 영화부귀

를 누리실 거시니 과

도히 셜허 마옵소셔 ᄒ고 다과를 ᄂ여 쥬거ᄂᆯ 밧아 마시니 긔

굴이 업ᄂ지라 이런고

로 일신은 편ᄒᄂ 학공의 ᄉᆼ성을 몰나 쥬야로 모ᄌ ᄉᆼ봉ᄒ기를

불젼에 츅원ᄒ더라

어디로 가시려 하시나이까?"

부인이 답하기를

"정처 없이 다니는 걸인이오니 사고는 자비지심(慈悲之心)을 내리시어 불쌍한 인생을 구제하옵소서."

한대 여승이 말하기를

"부인의 말씀을 들은즉 너무 가긍한지라. 소승을 따라가심이 어떠하시오니까?"

한대 부인이 말하기를

"사고는 이같이 애휼하시니 감사하외다."

한대 여승이 부인 일행을 데리고 암자로 들어가니 이때는 마침 춘삼월 호시절이라. 기화요초는 만발하야 촌객을 보고 웃는 듯하고 두견 접동은 사람의 수심을 보태는 듯한지라. 부인이 학공을 생각하고 체읍하거늘 여승이 여쭈되

"지금은 부인의 액운(厄運)이 미진(未盡)하시나 필경(畢竟)은 영화부귀를 누리실 것이니 과도히 슬퍼 마옵소서."

하고 다과를 내어 주거늘 받아 마시니 기갈(飢渴)이 없는지라. 이런고로 일신은 편하나 학공의 사생(死生)을 몰라 주야로 모자 상봉하기를 불전에 축원하더라.

잇때 종놈들이 일시에 드러가며 방문을 열고 보니 격격한 빈 방안에 촉불만 명멸흐
고 인적이 업는지라 아모리 츠즌들 지흐에 든 학공을 엇지 츠지며 천리 밧게 잇는 부
인을 무슴 슈로 츠즈리오 그놈드리 대경흐야 흐는 말이 우리 심회를 미리 알고 발셔
도망흐얏시니 가위 슉호츔비라 니두에 무슴 환을 당홀지 모르거니와 집안에 잇는

이때 종놈들이 일시에 들어가며 방문을 열고 보니 적적한 빈 방안에 촛불만 명멸하고 인적이 없는지라. 아무리 찾은들 지하에 든 학공을 어찌 찾으며 천리 밖에 있는 부인을 무슨 수로 찾으리오. 그놈들이 대경하여 하는 말이

"우리 심회를 미리 알고 벌써 도망하였으니 가위 숙호충비(宿虎衝鼻)라. 내두(來頭)에 무슨 환(患)을 당할지 모르거니와 집안에 있는

## 10

금은보배를 다 탈취ㅎ야 ㄱ지고 깁흔 셤 중에 드러ㄱ 환을 면
홈이 엇더ㅎ뇨 한대 그

중에 한 놈이 출반주왈 학공 츠져 죽이지 아니ㅎ면 도로혀 범
을 길너 후환을 취홈

이니 아모조록 츠져 보리라 ㅎ고 스방으로 츠즌들 쌍 속에 잇
ᄂ 학공을 엇지 츠즈리오

홀 슈 업시 셰간을 모다 슈탐ㅎ고 스면으로 불을 지르니 화광
이 츙텬ㅎ야 슌식간에

집터만 남ᄂ지라 그놈들이 즉시 길을 쩌ᄂ 슈로로 십여 리를
드러ㄱ니 한 셤이 잇스

니 일홈은 계도셤이라 ᄌ작일촌3) ㅎ야 혹 장스도 ㅎ며 혹 흥션
도 믿드러 싱이ㅎ기로

가산이 요부홈이 부촌이 되였더라 잇때 츈셤이 동산에 올ᄂ
동졍을 살피다ㄱ 그놈

들이 멀니 감을 보고 급히 ᄂ려와 학공을 쓰러닉여 놋코 급히
쩌ᄂ물 지쵹ㅎ니 학공

이 살펴보니 옛집은 다 불 질너 터만 남앗거눌 모친과 미덕을
싱각ㅎ고 눈물이 흘너

금은보배를 다 탈취하여 가지고 깊은 섬 중에 들어가 환을 면함이 어떠하뇨?"

한대 그 중에 한 놈이 나서서 말하기를

"학공을 찾아 죽이지 아니하면 도리어 범을 길러 후환을 취함이니 아무쪼록 찾아보리라."

하고 사방으로 찾은들 땅 속에 있는 학공을 어찌 찾으리오. 할 수 없이 세간을 모두 수탐(搜探)하고 사면으로 불을 지르니 화광(火光)이 충천하여 순식간에 집터만 남는지라. 그놈들이 즉시 길을 떠나 수로로 십여 리를 들어가니 한 섬이 있으니 이름은 계도섬이라. 뜻 맞는 사람들이 모여 마을을 이루어 혹 장사도 하며 혹 흥리선(興利船)도 만들어 생애하기로 가산(家産)이 요부하매 부촌이 되었더라.

이때 춘섬이 동산에 올라 동정을 살피다가 그놈들이 멀리 감을 보고 급히 내려와 학공을 끌어내어 놓고 급히 떠날 것을 재촉하니 학공이 살펴보니 옛집은 다 불 질러 터만 남았거늘 모친과 미덕을 생각하고 눈물이 흘러

압흘 분간치 못ᄒ고 한 거름에 두 번식 너머지며 츈셤을 짜라 정쳐 업시 가다가 한 소
로로 드러가니 쳥산은 쳡쳡ᄒ고 록슈는 잔잔ᄒ고 길은 희미한데 긔ᄀᆘᆯ이 ᄌᆞ심ᄒ야
셕상에 안져 우다가 둘너보니 인가는 업고 길은 ᄯᅳᆫ쳐지고 칭암절벽은 쳔만장이ᄂ
놉ᄒ잇고 슈목은 무셩ᄒ야 두견이 슬퍼 울고 듯고 보도 못ᄒ던 시 짐싱은 우지지니

앞을 분간치 못하고 한 걸음에 두 번씩 넘어지며 춘섬을 따라 정처 없이 가다가 한 소로로 들어가니 청산은 첩첩하고 녹수는 잔잔하고 길은 희미한데 기갈이 자심하여 석상에 앉아 울다가 둘러보니 인가(人家)는 없고 길은 끊어지고 층암절벽은 천만 장이나 높아 있고 수목은 무성하여 두견이 슬피 울고 듣도 보도 못하던 새 짐승은 우짖으니

## 11

마음이 비창ᄒ야 정신이 혼미ᄒ 중 석양은 지를 넘고 동령에
달은 돗아 만학에 걸녀

잇고 쏘한 산쳔을 불변ᄒ눈지라 학공이 ᄒ눌을 우러러 탄식
왈 슬푸다 닌 팔자야 가

련ᄒ다 닌 신셰야 간신이 ᄉ디를 버셔ᄂ 이곳에 와 쏘 죽게
되엿스니 모친은 어디 가

시고 ᄂ를 죽을 곳에 두엇눈고 ᄒ고 우다가 누엇더니 흉칙한
짐싱이 와셔 덥흔 것을

헤치고 달녀 들녀 홀 지음에 난데 업난 노장이 와 ᄭ지져 그
짐싱을 물니치고 학공다

려 물어 왈 너난 엇더한 ᄉ롬의 ᄌ식이완대 이 심산궁곡에 완
난고 학공이 답왈 쇼ᄌ

는 홍텬부 북면에셔 ᄉ옵던 김 낭쳥의 아달이옵더니 팔자 긔박
ᄒ야 조실부모ᄒ옵

고 쳑신무의ᄒ야 졍쳐 업시 단이옵더니 이곳에 와 홈아 죽을
목슴을 텬힝으로 노장

을 만나 목슘을 살려 쥬시니 그 은혜 빅골난망이로쇼이다 노장
왈 너는 ᄒ눌에 미인

마음이 비창하여 정신이 혼미한 중 석양은 재를 넘고 동령(東嶺)에 달은 돋아 만학(萬壑)에 걸려 있고 또한 산천을 불변(不辨)하는지라. 학공이 하늘을 우러러 탄식하여 말하기를

"슬프다, 내 팔자야. 가련하다, 내 신세야. 간신히 사지(死地)를 벗어나 이곳에 와 또 죽게 되었으니 모친은 어디 가시고 나를 죽을 곳에 두었는고?"

하고 울다가 누었더니 흉측한 짐승이 와서 덮은 것을 헤치고 달려들려 할 즈음에 난데 없는 노장이 와 꾸짖어 그 짐승을 물리치고 학공에게 묻기를

"너는 어떠한 사람의 자식이관데 이 심산궁곡에 왔는고?"

학공이 답하기를

"소자는 홍천부 북면에서 살던 김 낭청의 아들로 팔자 기박하여 조실부모(早失父母)하옵고 척신(隻身) 무의(無依)하여 정처 없이 다니었더니 이곳에 와 벌써 죽을 목숨이 천행으로 노장을 만나 살게 되니 그 은혜 백골난망이로소이다."

노장이 말하기를

"너는 하늘에 매인

명이거든 엇지 늬의 힘이라 ᄒ리오 ᄒ고 문득 간 데 업거늘 학공이 신긔히 역여 공즁

을 향ᄒ야 무슈히 스례ᄒ고 젹막ᄒ 산즁에 날 시기를 기다리더니 그 짐싱이 쏘 와셔

물녀ᄒ거늘 학공이 죽을 힘을 다ᄒ여 쇼릭를 지르니 그 노장이 다시 와셔 그 짐싱을

물니치고 ᄭᅮ지져 왈 이 아희ᄂᆞᆫ 불상ᄒᆯ ᄲᅮᆫ더러 범인이 안이니 부디 히치 말나 ᄒ고 학

명이거든 어찌 나의 힘이라 하리오."

하고 문득 간 데 없거늘 학공이 신기히 여겨 공중을 향하여 무수히 사례하고 적막한 산중에서 날 새기를 기다리더니 그 짐승이 또 와서 물려하거늘 학공이 죽을힘을 다하여 소리를 지르니 그 노장이 다시 와서 그 짐승을 물리치고 꾸짖어 말하기를

"이 아이는 불쌍할 뿐더러 범인이 아니니 부디 해치 말라."

하고

공을 다리고 그곳을 쩌나 다른 디로 향흐여 가더니 흔 곳에 다다르니 초가숨간이 잇

거늘 드러가니 흔 노인이 안졋거늘 노인게 뵈온디 노인이 문왈 어린 아히는 어디 잇

관디 이곳을 츠져 왓느뇨 학공이 공순이 답왈 쇼동은 지향 업시 단이옵더니 여러 놀

쥬려 긔갈이 ᄌ심흐오니 일시 요긔를 바라느이다 노인이 답왈 느도 싱이가 업셔 느

물로 조셕을 지니노라 흐고 요긔나 흐라 흐고 나물을 쥬거늘 밧아 먹으니 정신이 황

홀흐여 향취 진동흐거늘 학공이 문왈 무슴 나물이온지 모르나이다 흐니 노인 왈 이

느물은 다른 것이 아니라 불로초라 흐는 것이라 흐거늘 학공 왈 불로초는 인간에 업

는 것이온디 필경 션경이로쇼이다 흐고 문답흐다가 밤을 지닌 후 쏘 그 느물을 쥬거

학공을 데리고 그곳을 떠나 다른 데로 향하여 가더니 한 곳에 다다르니 초가삼간이 있거늘 들어가니 한 노인이 앉았거늘 노인께 뵈온대 노인이 묻기를

"어린 아이는 어디 있건대 이곳을 찾아 왔느뇨?"

학공이 공손히 답하기를

"소동은 지향 없이 다니었더니 여러 날 주려 기갈이 자심하오니 일시 요기를 바라나이다."

노인이 답하기를

"나도 생계가 없어 나물로 조석을 지내노라."

하고

"요기나 하라."

하고 나물을 주거늘 받아먹으니 정신이 황홀하여 향취 진동하거늘 학공이 묻기를

"무슨 나물이온지 모르나이다."

하니 노인이 말하기를

"이 나물은 다른 것이 아니라 불로초라 하는 것이라."

하거늘 학공이 말하기를

"불로초는 인간에 없는 것이온대 필경 선경이로소이다."

하고 문답하다가 밤을 지낸 후 또 그 나물을 주거늘

놀 밧아먹고 츈셤을 다리고 쩌놀시 노인게 치하ᄒ니 노인 왈
더 유ᄒ여 가라 ᄒ거놀

학공이 일시가 민망홈을 고ᄒ즉 노인 왈 그러면 잘 가라 ᄒ니
학공이 빅비 치스한 후

노인을 리별ᄒ고 졍쳐 업시 단이며 걸식ᄒ더니 일일은 마음이
비창ᄒ여 앙텬통곡

ᄒ며 모친은 어디를 가시고 나의 고셩을 모르시ᄂ잇고 ᄒ며
우다가 졍신이 혼미ᄒ

여 잠간 조으더니 비몽스몽 간에 ᄒ 션비가 의관을 졍졔ᄒ고
학공을 어루만져 왈 너

받아먹고 춘섬을 데리고 떠날새 노인께 치하하니 노인이 말하기를

"더 유하여 가라."

하거늘 학공이 일시가 민망함을 고한즉 노인이 말하기를
"그러면 잘 가라."

하니 학공이 백배 치사한 후 노인을 이별하고 정처 없이 다니며 걸식하더니 일일은 마음이 비창하여 앙천통곡하며

"모친은 어디를 가시고 나의 고생을 모르시나이까?"

하며 울다가 정신이 혼미하여 잠깐 졸더니 비몽사몽간에 한 선비가 의관을 정제하고 학공을 어루만져 말하기를

**13**

는 엇던 아해완대 저다지 우는다 학공이 답왈 나는 강쥬 홍텬
부 북면에서 사든 김 낭
청의 아달 학공이옵더니 팔자가 긔박하여 부모 동생을 다 여희
옵고 표박 동서하나
이다 하니 선배 눈물을 흘녀 왈 네가 저처럼 단이니 배가 오작
곱흐리오 내가 약간 음
식을 가저 왓스니 먹으라 하고 쥬거날 밧아먹으니 향긔가 입에
가득하고 정신이 쇄
락하야 평생에 처음 먹는 배라 선배 쏘 일오대 네 거쥬성명을
바로 이르지 말고 단이
라 만일 발각되면 환을 면치 못할 것이니 부대 조심하라 하며
목이 메여 울거날 학
공이 의아하여 문왈 뉘시원대 비러먹는 사람을 이갓치 관대하
시는잇가 선배 왈 너
는 유명이 다르기로 아비를 모르나냐 하거날 학공이 놀내 깨다
르니 남가일몽이라

"너는 어떤 아이관데 그다지 우느냐?"

학공이 답하기를

"나는 강주 홍천부 북면에서 살던 김 낭청의 아들 학공으로 팔자가 기박하여 부모 동생을 다 여의옵고 표박(漂迫) 동서(東西)하나이다."

하니 선비가 눈물을 흘리며 말하기를

"네가 그처럼 다니니 배가 오죽 고프리오. 내가 약간 음식을 가져 왔으니 먹으라."

하고 주거늘 받아먹으니 향기가 입에 가득하고 정신이 쇄락하여 평생에 처음 먹는 바라. 선비가 이르되

"네 거주성명을 바로 이르지 말고 다니라. 만일 발각되면 환을 면치 못할 것이니 부디 조심하라."

하며 목이 메어 울거늘 학공이 의아하여 묻기를

"뉘시기에 빌어먹는 사람을 이같이 관대하시나이까?"

선비가 말하기를

"너는 유명(幽明)이 다르기로 아비를 모르느냐?"

하거늘 학공이 놀라 깨달으니 남가일몽이라.

학공이 탄식 왈 꿈에 먹은 음식도 배부르니 부친 혼령이 와 지시하시도다 하고 무수

히 우다가 발갓스나 갈 바를 몰나 바회 우에 안젓더니 한 녀인이 물을 길너 왔다가 학

공을 보고 문왈 너는 엇던 아해완대 수심이 만면하여 안젓나뇨 학공이 대답왈 나는

유리개걸하는 아해로소이다 그 녀인이 갈아대 그러하면 내 집에 가 유함이 엇더하

냐 한대 학공이 다행이 역여 춘섬을 다리고 짜라가니 그 녀인이 집에 와 제 아비를 보

학공이 탄식하기를

"꿈에 먹은 음식도 배부르니 부친 혼령이 와 지시하시도다."

하고 무수히 울다가 날이 밝았으나 갈 바를 몰라 바위 위에 앉았더니 한 여인이 물을 길러 왔다가 학공을 보고 묻기를

"너는 어떤 아이관데 수심이 만면(滿面)하여 앉았느뇨?"

학공이 대답하기를

"나는 유리개걸하는 아이로소이다."

그 여인이 가로되

"그러하면 내 집에 가서 유하는 것이 어떠하냐?"

한대 학공이 다행히 여겨 춘섬을 데리고 따라가니 그 여인이 집에 와 제 아비를 보고

## 14

고 왈 비러먹는 아희를 다려 왓스니 보쇼셔 졔 아비 학공을
보고 깃거 왈 이 아히 얼골
을 보니 범상혼 스룸이 안이라 일후에 귀히 되리라 ᄒ고 셩명
을 무르니 학공이 답왈
조실부모ᄒ고 유리기걸ᄒᄂ 아희옵고 셩명은 모르나이다 ᄒ니
그 스람이 지산
은 요부ᄒ나 혼낫 ᄌ식이 업셔 쥬야 슬허ᄒ더니 이 아히를 스
랑ᄒ야 슈양ᄌ를 졍ᄒ
고져 ᄒ더니 동리 스룸들이 다 이 아희를 비록 스랑ᄒ엿거니와
거쥬셩명을 모르고
엇지 슈양ᄌ를 숨으리오 ᄒ거늘 그 말이 올타 ᄒ고 슈양ᄌᄂ
졍치 안이ᄒ고 불상이
역여 오리 두고 스랑ᄒ더라 이러구러 세월이 여루ᄒ여 학공의
나이 십오셰가 된지

말하기를

"빌어먹는 아이를 데려 왔으니 보소서."

제 아비가 학공을 보고 기뻐하여 말하기를

"이 아이 얼굴을 보니 범상한 사람이 아니라. 일후(日後)에 귀히 되리라."

하고 성명을 물으니 학공이 답하기를

"조실부모(早失父母)하고 유리개걸하는 아이로 성명은 모르나이다."

하니

"그 사람이 재산은 요부하나 한낱 자식이 없어 주야 슬퍼하더니 이 아이를 사랑하여 수양자를 정하고자 하더니 동리 사람들이 다 이 아이를 비록 사랑하였거니와 거주성명(居住姓名)을 모르고 어찌 수양자를 삼으리오."

하거늘

"그 말이 옳다."

하고 수양자는 정하지 아니하고 불쌍히 여겨 오래 두고 사랑하더라.

이러구러 세월이 여류하여 학공의 나이 십오 세가 된지라.

라 일일은 미덕과 모친의 원슈 갑흘 싱각이 불연듯시 나난지라 즉시 쥬인다려 일너

왈 고향 싱각이 간절ㅎ와 지금 써나려 ㅎ거니와 나ᄌ혼 인싱을 이휼ㅎ야 쥬시니 은

덕을 갑흘 바를 아지 못ㅎᄂ이다 너늬 안녕ㅎ시기를 바라나이다 ㅎ고 츈셤을 다리

고 길을 써나가더니 혼 셤 즁애 드러가 두루 단이며 비러먹다가 혼곳에 홍리션이 왕

리ㅎ거늘 그 비에 올으니 혼 로인이 잇다가 학공을 보고 왈 너는 엇더혼 아희완ᄃ 남

의 비에 임의로 오르나뇨 학공이 답왈 나는 졍쳐 업시 단이는 아희옵더니 비를 구경

일일은 미덕과 모친의 원수 갚을 생각이 불현듯 나는지라. 즉
시 주인더러 이르기를

"고향 생각이 간절하여 지금 떠나려 하거니와 나 같은 인생
을 애휼(愛恤)하여 주시니 은덕을 갚을 바를 알지 못하나이다.
내내 안녕하시기를 바라나이다."

하고 춘섬을 데리고 길을 떠나가더니 한 섬 중에 들어가 두
루 다니며 빌어먹다가 한 곳에 홍리선이 왕래하거늘 그 배에
오르니 한 노인이 있다가 학공을 보고 말하기를

"너는 어떠한 아이관데 남의 배에 임의로 오르느뇨?"

학공이 답하기를

"나는 정처 없이 다니는 아이로 배를 구경코자

코즈 ᄒ야 드러왓나이다 로인이 다시 문왈 네 셩명은 무엇인고 학공이 답왈 조실부

모ᄒ고 부운갓치 단이는 아희가 엇지 셩명을 아오릿가 로인 왈 그러ᄒ면 우리 비에

싸러단이며 조셕이나 ᄒ여 쥬면 엇더ᄒ뇨 ᄒ거늘 학공이 싸라 단이며 쏘 ᄒᆫ 셤에 이

르니 인간이 즐비ᄒ거늘 그곳에 비를 디히고 션인을 싸라 두루 다니며 구경ᄒ더라

그 동리에 김 동지라 ᄒ는 ᄉ람이 잇스되 가산이 요부ᄒᆷ으로 그 동리에셔는 엇뜸일

너라 김 동지가 학공을 보고 거쥬셩명과 나히를 무른디 학공 왈 표박셔남ᄒ는 아희

가 엇지 거쥬셩명을 알니오 동지 왈 네 거동을 보니 쳔ᄒᆫ ᄉ람의 ᄌ식은 안이라 칭찬

하여 들어왔나이다."

노인이 다시 묻기를

"네 성명은 무엇인고?"

학공이 답하기를

"조실부모하고 부운(浮雲)같이 다니는 아이가 어찌 성명을
아오리까?"

노인이 말하기를

"그러하면 우리 배에 따라다니며 조석(朝夕)이나 하여 주면
어떠하뇨?"

하거늘 학공이 따라다니며 또 한 섬에 이르니 인간이 즐비하
거늘 그곳에 배를 대이고 선인을 따라 두루 다니며 구경하더라.

그 동리에 김 동지라 하는 사람이 있으되 가산이 요부하므로
그 동리에서는 으뜸일러라. 김 동지가 학공을 보고 거주성명과
나이를 물으니 학공이 말하기를

"표박(漂迫) 서남(西南)하는 아이가 어찌 거주성명을 알리오."

동지가 말하기를

"네 거동을 보니 천한 사람의 자식은 아니라."

칭찬하고

ᄒ고 문왈 네 거쥬는 모르나 셩명조츠 모르느냐 학공이 답왈
동리 스롬들이 부르기

를 벼란이라 ᄒ옵더이다 동지 왈 네 그러면 니 집에 잇셔 불
스환이나 ᄒ여 쥬면 엇더

ᄒ뇨 벼란이 답왈 그리ᄒ오리다 ᄒ고 동지를 ᄶ라 간이라 동지
ᄒ미더러 왈 니 이 아

ᄒ를 다려 왓스니 ᄌ셔히 보라 ᄒ거놀 ᄒ미 디로 왈 비러먹는
아히를 엇지 집에다 두

리오 ᄒ거놀 동지 ᄒ미를 ᄭᅮ지져 왈 이 아히가 장리 귀히 되리
라 집에 두고 스환을 식

히는 것이 엇더ᄒ뇨 ᄒ고 두니라 ᄒ로는 남글 ᄒ리라 ᄒ고 나
슬 허리에 ᄎ고 ᄌ탄ᄒ

묻기를

　"네 거주는 모르나 성명조차 모르느냐?"

　학공이 답하기를

　"동리 사람들이 부르기를 벼란이라 하더이다."

　동지가 말하기를

　"네 그러면 내 집에 있어 불 사환이나 하여 주면 어떠하뇨?"

　벼란이 답하기를

　"그리하오리다."

　하고 동지를 따라 가니라. 동지가 할미더러 말하기를

　"내 이 아이를 데려 왔으니 자세히 보라."

　하거늘 할미가 대로(大怒)하여 말하기를

　"빌어먹는 아이를 어찌 집에 두리오."

　하거늘 동지가 할미를 꾸짖어 말하기를

　"이 아이가 장래 귀히 되리라. 집에 두고 사환을 시키는 것이
어떠하뇨?"

　하고 두니라.

　하루는 나무를 하리라 하고 낫을 허리에 차고 자탄하는

는 말이 이 내 팔자 어이하여 이러한고 하며 무수히 울다가 남글 하여 가지고 오니 한

미 박대 자심한지라 하로는 산에 오르니 홀연 마음이 슬허 탄식 왈 모친은 나를 예다

두고 어대가 게시닛가 비록 고혼이라도 살피소서 부모 동생의 원수를 수이 갑게 하

옵소서 슬푸다 내 팔자야 명천은 굽어 살피소서 어내 날이나 원수를 갑흘고 하며 슬

피 우니 초목금수 다 슬어 하는 듯하더라 게우 남글하여 가지고 도라오니 한미 내다

라 구박하여 왈 여보소 동리 사람들아 이 아해 거동을 보소 이것을 엇지 집에다 두고

보리오 하며 구박이 자심하거날 동지가 민망하야 학공다려 왈 내 너를 집에 두고 사

말이

"이 내 팔자 어이하여 이러한고?"

하며 무수히 울다가 나무를 하여 가지고 오니 할미 박대 자심한지라.

하루는 산에 오르니 홀연 마음이 슬퍼 탄식하기를

"모친은 나를 여기다 두고 어디가 계시니까? 비록 고혼이라도 살피소서. 부모 동생의 원수를 쉬이 갚게 하옵소서. 슬프다, 내 팔자야. 명천은 굽어 살피소서. 어느 날에나 원수를 갚을꼬?"

하며 슬피 우니 초목금수가 다 슬퍼하는 듯하더라. 겨우 나무를 하여 가지고 돌아오니 할미가 내달아 구박하여 말하기를

"여보시오, 동리 사람들아. 이 아이 거동을 보소. 이것을 어찌 집에다 두고 보리오."

하며 구박이 자심하거늘 동지가 민망하여 학공더러 말하기를

"내가 너를 집에 두고

랑하야 자미를 보랴 하엿더니 한미 박대가 이갓흐니 내 학당을 엇어 줄 것이니 학업

을 힘쓰라 한대 학공이 답왈 작히 좃사오릿가 동지가 벼란을 서당에 보내고 한달에

백미 열말식 쥬고 공부를 힘써 식히더니 학공이 문일지십하야 문필을 달통할 뿐더

러 자연 귀자 되얏는지라 잇째 춘섬이 공자를 서당에 보낸 후 수년이 되도록 소식을

몰나 쥬야로 체읍하더니 잇째 춘섬의 용뫼 고음을 보고 한미가 저의 사촌 오라비다

려 말하여 왈 내 집에 잇는 녀자 비록 근본은 모르나 인물과 녀공이 비범하니 취실함

사랑하여 재미를 보려 하였더니 할미 박대가 이 같으니 내 학당(學堂)을 얻어 줄 것이니 학업을 힘쓰라."

한대 학공이 답하기를

"작히 좋사오리까?"

동지가 벼란을 서당에 보내고 한 달에 백미 열 말씩 주고 공부를 힘써 시키더니 학공이 문일지십(聞一知十)하여 문필을 달통할 뿐더러 자연 귀자(貴者) 되었는지라.

이때 춘섬이 공자를 서당에 보낸 후 수년이 되도록 소식을 몰라 주야로 체읍하더니 이때 춘섬의 용모가 고음을 보고 할미가 저의 사촌 오라비더러 말하길

"내 집에 있는 여자, 비록 근본은 모르나 인물과 여공이 비범하니 취실함이

## 17

이 엇더ᄒᆞ뇨 ᄒᆞᆫ디 그 스룸의 명은 조평이니 일즉 환거ᄒᆞ여 취

쳐를 구ᄒᆞ더니 마춤 이

말을 듯고 깃거 허락ᄒᆞ거눌 한미 츈셤을 불너 왈 네 방년 이십

에 실가지락4)이 업스니

엇지 불상치 안이 ᄒᆞ리오 쵸목금슈도 모다 짝이 잇셔 즐기는디

너는 스룸으로 셰상

의 ᄌᆞ미를 모로니 그 졍상이 가련ᄒᆞ기로 너가 착실ᄒᆞᆫ 스룸을

구ᄒᆞ엿스니 이셩지친

을 일우어 조흔 ᄯᅢ를 일치 말나 ᄒᆞ거눌 츈셤이 염용5) 디왈 명

교 지극 감ᄉᆞᄒᆞ거니와 혼

인은 인륜디ᄉᆞ라 ᄒᆞ오니 엇지 경솔히 ᄒᆞ오릿가 한미 ᄭᅮ지져

왈 네가 니 집에 잇셔 잔

명을 보젼ᄒᆞ엿거눌 니 말을 어기니 엇지 분치 안이ᄒᆞ리오 응당

니칠 것이로디 인졍

어떠하뇨?"

한대 그 사람의 이름은 조평이니 일찍 환거(鰥居)하여 취처(娶妻)하고자 하더니 마침 이 말을 듣고 기뻐 허락하거늘 할미가 춘섬을 불러 말하기를

"네 방년 이십에 실가지락(室家之樂)이 없으니 어찌 불쌍치 아니하리오. 초목금수도 모두 짝이 있어 즐기는데 너는 사람으로 세상의 재미를 모르니 그 정상(情狀)이 가련하기로 내가 착실한 사람을 구하였으니 이성지친을 이루어 좋은 때를 잃지 말라."

하거늘 춘섬이 염용(斂容)하게 대답하기를

"명교(名敎) 지극히 감사하거니와 혼인은 인륜대사라 하오니 어찌 경솔히 하오리까?"

할미가 꾸짖어 말하기를

"네가 내 집에 있어 잔명(殘命)을 보전하였거늘 내 말을 어기니 어찌 분하지 아니 하리오? 응당 내칠 것이로되 인정

소시에 그러치 못ᄒᆞ여 춤ᄂᆞᆫ 것이니 밧비 허락ᄒᆞ라 ᄒᆞ거놀 츈셥
이 마지못ᄒᆞ야 허락
ᄒᆞᆫ 후 ᄂᆡ심에 싱각ᄒᆞ되 쥬인 상젼의 원슈를 갑지 못ᄒᆞ고 남에
게 허신ᄒᆞ니 십년경영
이 일조에 문어진지라 조평이 츈셥을 취ᄒᆞ여 마음에 조와ᄒᆞᄂ
츈셥은 금실이 불호
ᄒᆞ야 로상인과 다름이 업더라 일일은 동지가 셔당에 가 벼란의
용모를 보니 얼골이
관옥ᄀᆞᆺ고 문필이 졀등ᄒᆞ야 짐짓 일기 영웅군ᄌᆞ라 ᄂᆡ심에 깃거
ᄒᆞ며 집에 도라와 ᄒᆞᆫ
미다려 왈 셔당에 가셔 벼란을 보니 문필이 현달ᄒᆞ고 얼골이
풍양ᄒᆞ니6) 엇지 깃부지

소시에 그렇지 못하여 참는 것이니 바삐 허락하라."

하거늘 춘섬이 마지못하여 허락한 후 내심에 생각하되

'주인 상전의 원수를 갚지 못하고 남에게 허신하니 십년경영이 일조에 무너진지라.'

조평이 춘섬을 취하여 마음에 좋아하나 춘섬은 금슬이 좋지 않아 노상(路上)인과 다름이 없더라.

일일은 동지가 서당에 가 벼란의 용모를 보니 얼굴이 관옥 같고 문필이 절등하여 짐짓 일개 영웅군자라. 내심에 기뻐하며 집에 돌아와 할미더러 말하기를

"서당에 가서 벼란을 보니 문필이 현달하고 얼굴이 풍양하니 어찌 기쁘지

## 18

안이ᄒ리오 도로 다려다가 잘 길으면 일후에 영화를 볼이라
ᄒ니 ᄒ미 허락ᄒ거늘

학공을 즉시 다려오니 ᄒ미 보니 과연 그러ᄒ지라 ᄒ미 긔특이
역이더라 일즉이 동

지 무남독녀를 두엇시니 일홈은 별션이라 용모 직질이 비범홈
으로 널니 가랑을 구

ᄒ더니 일일은 동지가 벼란을 별션의 비필을 졍코져 ᄒ야 ᄒ미
다려 이 말을 ᄒ니 ᄒ

미 디왈 벼란이 비록 비범 민첩ᄒᄂ 지체 업는 ᄉ롬이라 엇지
ᄉ회를 ᄉ므리오 동지

쇼왈 엇지 이ᄀ치 무식ᄒ녀 왕후장상이 엇지 씨가 잇스리오
잔말 말나 ᄒ고 즉시 턱

일ᄒ니 졍히 츈삼월 망간이라 길일을 당홈이 비단길복을 졍졔
ᄒ고 비셕에 다다르

니 신랑의 늠늠ᄒ 풍치와 신부의 요요ᄒ 턱도는 진짓 일쌍가
위7)라 양인의 교빈디례

아니하리오. 도로 데려다가 잘 기르면 일후에 영화(榮華)를 보리라."

하니 할미가 허락하거늘 학공을 즉시 데려와 할미가 보니 과연 그러한지라. 할미가 기특히 여기더라.

일찍이 동지가 무남독녀를 두었으니 이름이 별선이라. 용모 재질이 비범하므로 널리 가랑(佳郎)을 구하더니 일일은 동지가 벼란을 별선의 배필로 정하고자 하여 할미에게 이 말을 하니 할미가 대답하기를

"벼란이 비록 비범하고 민첩하나 지체 없는 사람이라. 어찌 사위를 삼으리오."

동지가 웃으며 말하기를

"어찌 이같이 무식하뇨? 왕후장상(王侯將相)이 어찌 씨가 있으리오. 잔말 말라."

하고 즉시 택일하니 정히 춘삼월 망간이라. 길일을 당하매 비단 길복을 정제하고 배석에 다다르니 신랑의 늠름한 풍채와 신부의 요요한 태도는 짐짓 한 쌍이라 할 만하더라. 양인이 교배 대례(大禮)하니

ᄒ니 요죠슉녀는 군호ᄌ구[8]로다 좌중 빈긱이 모다 칭찬 안이
리 업더라 잔치를 파ᄒ

고 밤을 지닐시 양인의 견권지졍[9]은 원앙이 녹슈를 만남 ᄀᆺ고
비취[10] 련리의 깃드림 ᄀᆺ

더라 동지 깃거ᄒ야 별션을 불너 문왈 너의 비필이 엇더ᄒ뇨
ᄒ디 별션이 디왈 낫ᄀᆺ

흔 몸이 너무 과만[11]ᄒ더이다 잇ᄯ 학공이 모친 슬하를 ᄯ러는
지 임의 십여 년이라 노비

젼답 문셔를 믹양 의복 속에 너허 남이 몰나보게 ᄒ얏더니 그
문셔를 신부가 알가 염

요조숙녀는 군자호구(君子好逑)로다. 좌중 빈객(賓客)이 모두 칭찬하지 않는 이 없더라. 잔치를 파하고 밤을 지낼새 양인의 견권지정은 원앙이 녹수를 만남 같고 물총새가 연못에 깃들임 같더라. 동지가 기뻐하여 별선을 불러 묻기를

"너의 배필이 어떠하뇨?"

한대 별선이 대답하기를

"나 같은 몸에 너무 분에 넘치더이다."

이때 학공이 모친 슬하를 떠난 지 이미 십여 년이라. 노비, 전답 문서를 매양 의복 속에 넣어 남이 몰라보게 하였더니 그 문서를 신부가 알까

려ᄒ여 그윽ᄒ 곳에 감쵸고 종종 가보더니 동지 맛춤 보고 왈 스회ᄂ 거긔다 무엇을

두고 져리 즈죠 보ᄂ고 ᄒ고 즉시 가 보니 한 면쥬 젼듸에 슈지 뭇텅이가 잇거ᄂ 가지

고 져의 방에 드러가 쎄여 보니 ᄒ얏스되 강쥬 홍텬부 북면에 스ᄂ 김 낭쳥의 아달 학

공이라 ᄒ얏거ᄂ 동지 딕경ᄒ야 일오디 젼일에 드르니 김 낭쳥 딕 죵으로셔 낭쳥이

긔셰ᄒ 후 쥬장무인홈을 보고 젹심을 발ᄒ야 여러 놈들이 그 집을 탈취ᄒ야 가지고

와셔 사ᄂ지라 쥬야 드르니 그 놈들이 말ᄒ기를 그 아들 학공을 잡아 죽여 후환을 업

시 ᄒ자 ᄒᄂ 말을 드럿더니 이리 될 줄 엇지 뜻ᄒ엿스리오 ᄒ고 살펴보니 쏘 ᄒ 봉이

잇거ᄂ 즈셔히 보니 ᄒ나흔 노비 젼답 문셔라 동지 딕경ᄒ야 별션을 불너 왈 너의 둘

염려하여 그윽한 곳에 감추고 종종 가보더니 동지가 마침 보고 하는 말이

"사위는 거기다 무엇을 두고 저리 자주 보는고?"

하고 즉시 가 보니 한 명주 전대에 종이 뭉텅이가 있거늘 가지고 저의 방에 들어가 떼어 보니 쓰여 있기를

**강주 홍천부 북면에 사는 김 낭청의 아들 학공이라.**

하였거늘 동지가 대경하여 이르되

"전일(前日)에 들으니 김 낭청 댁 종으로서 낭청이 기세한 후 주장무인함을 보고 적심을 발하여 여러 놈들이 그 집을 탈취하여 가지고 와서 사는지라. 주야(晝夜) 들으니 그 놈들이 말하기를 그 아들 학공을 잡아 죽여 후환을 없이 하자 하는 말을 들었더니 이리 될 줄 어찌 뜻하였으리오."

하고 살펴보니 또 한 봉이 있거늘 자세히 보니 하나는 노비, 전답 문서라. 동지가 대경하여 별선을 불러 말하기를

"너희 둘을

을 보지 못ᄒ면 눈에 암암ᄒ야 지니더니 이런 춤혹훈 일이 어
디 잇스리오 ᄒ며 전후

곡절을 낫낫치 말ᄒ니 별션이 듯고 티경추악[12]ᄒ야 락누 왈
이 말이 만일 누셜되면 낭

군은 수망지환을 당훌지라 이 일을 엇지 ᄒ오면 조흐릿가 부친
은 이 말을 경솔히 누

셜치 마옵소셔 ᄒ더라 이쩌 학공의 나흔 십팔 셰오 별션의 나
흔 십륙 셰라 부부 흥낙

ᄒ야 쥬야 질겨 ᄒ더니 일일은 별션이 낭군게 문왈 낭군은 본
디 어디셔 살아 게시며

보지 못하면 눈에 암암하여 지냈는데 이런 참혹한 일이 어디 있으리오."

하며 전후곡절을 낱낱이 말하니 별선이 듣고 대경차악(大驚且愕)하여 눈물을 흘리며 말하기를

"이 말이 만일 누설되면 낭군은 사망지환(死亡之患)을 당할지라. 이 일을 어찌 하오면 좋으리까? 부친은 이 말을 경솔히 누설치 마옵소서."

하더라. 이때 학공의 나이는 십팔 세요, 별선의 나이는 십육 세라. 부부 흥락(興樂)하여 주야 즐겨 하더니 일일은 별선이 낭군께 묻기를

"낭군은 본디 어디서 살고 계셨으며

## 20

부형은 뉘라 ㅎ시나잇가 학공이 디왈 조실부모훈 고로 아지
못ㅎ노라 훈디 별션이

쏘 문왈 낭군이 홍텬부 북면 촌에 스시든 김 낭쳥의 ᄌ제가
안이시닛가 학공이 변싁

디왈 이 말이 어인 말고 훈디 별션이 디왈 쳡에게 은휘치 마옵
소셔 ㅎ고 져의 부친의

ㅎ시던 말을 ᄌ셔히 말훌 지음에 그 모 홍씨 쫄의 방으로 놀나
오다가 창밧게셔 드르

니 여추여추 ㅎ거놀 이 말을 듯고 놀나 쳔방지방13) 다라와 호
흡을 통치 못ㅎ다가 동지

다려 왈 여아의 방에 ᄌ다가 드르니 져의 닉외 ㅎ는 말이 스외
가 홍텬부 북면에셔 스

든 김 낭쳥의 아달이라 ㅎ니 가장 슈상ㅎ더이다 동지 디칙 왈
어디셔 부당훈 말을 잘

부형(父兄)은 뉘라 하시나이까?"

학공이 대답하기를

"조실부모(早失父母)한 고로 알지 못하노라."

한대 별선이 또 묻기를

"낭군이 홍천부 북면 촌에 사시던 김 낭청의 자제가 아니시 니까?"

학공이 변색하고 대답하기를

"이 말이 어인 말인고?"

한대 별선이 대답하기를

"첩에게 은휘(隱諱)치 마옵소서."

하고 저의 부친의 하시던 말을 자세히 말할 즈음에 그 모친 홍씨가 딸의 방으로 놀러 오다가 창밖에서 들으니 여차여차 하거늘 이 말을 듣고 놀라 천방지방(天方地方) 따라와 호흡을 통치 못하다가 동지에게 말하기를

"여아(女兒)의 방에 갔다가 들으니 저의 내외 하는 말이 사 위가 홍천부 북면에서 살던 김 낭청의 아들이라 하니 가장 수 상하더이다."

동지가 크게 꾸짖어 말하기를

"어디서 부당한 말을 잘못

못 듯고 옴기눈다 ᄒ고 별션을 불너 왈 너의 모친이 맛춤 네 방에 갓다가 너의들이 여

ᄎ여ᄎ ᄒ눈 말을 듯고 와셔 날다려 이르니 엇전 말이냐 ᄒ거눌 별션이 듯고 망극ᄒ

여 왈 져의 목숨은 부모님계 달녓ᄉ오니 불효ᄌ식을 보아 각별 조심ᄒ야 쥬옵소셔

ᄒ거눌 학공이 이 말을 듯고 ᄯ오 드러와 복디왈 복망 빙부게옵셔눈 널니 싱각ᄒᄉ 이

말을 누셜치 마옵소셔 만일 이 말이 누셜되오면 불상ᄒᆫ 인싱이 살기 어렵ᄉ오니 깁

히 통쵹 ᄒ옵소셔 ᄒᆫ디 동지 학공의 손을 잡고 왈 장부가 안이로다 엇지 디장부 이만

듣고 옮기는가?"

하고 별선을 불러 말하기를

"너의 모친이 마침 네 방에 갔다가 너희들이 여차여차하는 말을 듣고 와서 나에게 이르니 어쩐 말이냐?"

하거늘 별선이 듣고 망극하여 말하기를

"저의 목숨은 부모님께 달렸사오니 불초자식(不肖子息)을 보아 각별히 조심하여 주옵소서."

하거늘 학공이 이 말을 듣고 또 들어와 땅에 엎드려 말하기를

"간절히 바라옵건대 빙부께옵서는 널리 생각하사 이 말을 누설치 마옵소서. 만일 이 말이 누설되면 불쌍한 인생이 살기 어렵사오니 깊이 통촉하옵소서."

한대 동지가 학공의 손을 잡고 말하기를

"장부가 아니로다. 어찌 대장부가 이만한

## 21

일을 두리리오 ᄒ며 니 엇지 이 말을 누셜ᄒ리오 조금도 염려
치 말나 하니 학공이 슈

심을 덜고 져의 방으로 도라오니라 ᄌ연 슈슴 산이 되도록 흔
젹이 업더니 ᄒ로는 흔

미 술을 디취ᄒ게 먹고 져의 동류에게 이 말을 ᄒ얏더니 ᄎᄎ
옴기여 ᄒ나이 알고 둘

이 알아 촌즁이 ᄌᄌᄒ야 의논이 분분ᄒ야 죽일 묘칙을 의론ᄒ
니 학공이 엇지 살기

를 바라리오 일일은 동리 ᄉ롬들이 동지를 쳥ᄒ야 왈 근일에
고이한 말이 들리기로

그디를 쳥ᄒ얏슨즉 바른디로 말을 ᄒ라 만일 긔이는 폐가 잇스
면 대환을 당ᄒ리라

한디 동지 감히 이 말을 긔지이 못ᄒ야 바른 디로 말을 ᄒ얏더
니 그 동즁에셔 학공을

죽이ᄌ ᄒ고 통문을 집마다 돌넛더라 동지 이 말을 듯고 엇지
홀 슈 업셔 별션을 불너

일을 두려워하리오."

하며

"내 어찌 이 말을 누설하리오. 조금도 염려치 말라."

하니 학공이 수심을 덜고 저의 방으로 돌아오니라. 자연 두 서너 달이 되도록 흔적이 없더니 하루는 할미가 술을 대취하도록 먹고 저의 동류에게 이 말을 하였더니, 차차 옮기어 하나가 알고 둘이 알아 촌중이 자자하고 의논이 분분하여 죽일 묘책을 의논하니, 학공이 어찌 살기를 바라리오.

일일은 동리 사람들이 동지를 청하여 말하기를

"근일(近日)에 괴이한 말이 들리기로 그대를 청하였은즉 바른대로 말을 하라. 만일 속이고 바른대로 말하지 않는 폐단이 있으면 대환을 당하리라."

한대 동지가 감히 이 말을 이기지 못하여 바른 대로 말을 하였더니 그 동중에서 학공을 죽이자 하고 통문을 집마다 돌렸더라.

동지가 이 말을 듣고 어찌 할 수 없어 별선을 불러 말하기를

왈 동즁이 여추여추 호니 이 일을 장추 엇지 호면 조흐리오 한대 별션이 이 말을 듯고

대경실싱 왈 망극홀스 이런 일이야 불상홀스 우리 랑군의 일을 엇지 호리오 호거눌

동지 왈 이 일은 속절업시 죽게 되얏스니 슬푸고 가련호다 어엿불스 우리 스외 죽눈

모양 엇지 볼고 호고 비창히 지니더니 별션이 낭군을 보눈 쩌에눈 조흔 쳬 호눈 눈물

로 지니며 머리를 싸고 칭병호고 누엇거눌 학공은 그런 줄 젼혀 모르고 별션이가 병

"동중이 여차여차하니 이 일을 장차 어찌 하면 좋으리오."

한대 별선이 이 말을 듣고 대경실색하여 말하기를

"망극하구나! 이런 일이야. 불쌍하구나! 우리 낭군의 일을 어찌 하리오."

하거늘 동지가 말하기를

"이 일은 속절없이 죽게 되었으니 슬프고 가련하다. 가련하구나! 우리 사위 죽는 모양 어찌 볼꼬?"

하고 비창하게 지내더니 별선이 낭군을 보는 때에는 좋은 체 하나 눈물로 지내며 머리를 싸고 칭병(稱病)하고 누었거늘 학공은 그런 줄 전혀 모르고 별선이가 병든

든 쥴만 알고 걱정으로 지니며 죽을 눌이 갓가와 오는 줄 모르더라 일일은 동리 스롬

들이 쥬육을 곳초고 잔치를 비셜혼다 흐거눌 별션이 낭군을 쳥홀 줄 알고 낭군다려

왈 오늘 분명코 동니셔 낭군을 쳥홀 거시니 부디 조심흐며 단여오되 술을 쥬거든 젹

은 잔으로 먹고 오라 흐더라 과연 동즁에셔 쳥흐거눌 학공이 의관을 졍졔흐고 드러

가니 쵼즁 졔인이 츠례로 안졋거눌 학공이 좌즁에 뵈온 후 말셕에 안지니 이쩌 별션

이 낭군을 보니고 통곡 왈 춤혹흐고 가련훈 인싱이 속졀업시 죽게 되엿도다 유유창

쳔은 구버 슬피소셔 잔잉훈 인명을 흐느님게 비나이다 흐고 암츅흐며 졔 모친을 원

망흐는 말이 쇼견 업슨 우리 모친 무슴 말을 못 춤던고 야속홀스 어머니와 불상홀스

줄만 알고 걱정으로 지내며 죽을 날이 가까워 오는 줄 모르더라.

일일은 동리 사람들이 주육(酒肉)을 갖추고 잔치를 배설한다 하거늘 별선이 낭군을 청할 줄 알고 낭군더러 말하기를

"오늘 분명코 동네에서 낭군을 청할 것이니 부디 조심하며 다녀오되 술을 주거든 적은 잔으로 먹고 오라."

하더라. 과연 동중(洞中)에서 청하거늘 학공이 의관을 정제하고 들어가니 촌중(村中) 제인이 차례로 앉았거늘 학공이 좌중에 뵈온 후 말석에 앉으니 이때 별선이 낭군을 보내고 통곡하여 말하기를

"참혹하고 가련한 인생이 속절없이 죽게 되었도다. 유유창천(悠悠蒼天)은 굽어 살피소서. 자닝한 인명을 하나님께 비나이다."

하고 암축하며 제 모친을 원망하는 말이

"소견 없는 우리 모친 무슨 말을 못 참던고? 야속하구나, 어머니! 불쌍하구나,

우리 낭군 일성 장탄에 통곡으로 지니더라 잇띠 동리셔 큰 잔으로 수을 부어 학공을

주거눌 학공 왈 술이 길지 못ㅎ오니 져근 잔으로 주옵소셔 ㅎ고 져근 잔을 들어 숨비

를 먹은 후에 안주를 창끚헤 씨여 주거눌 학공이 탄왈 강약이 부동이라 홀 슈 어시 밧

아먹으니 잔치를 파ㅎ고 상좌에셔 학공을 잡아니라 ㅎ거눌 그 중에 혼 스룸이 이로

디 스룸은 엇지 임의로 죽이리오 독 쇽에 든 쥐니 틱일ㅎ야 죽이즈 ㅎ니 모든 스룸이

우리 낭군!"

일성(一聲) 장탄(長歎)에 통곡으로 지내더라.

이때 동리에서 큰 잔으로 술을 부어 학공을 주거늘 학공이
말하기를

"술이 길지 못하오니 작은 잔으로 주옵소서."

하고 작은 잔을 들어 삼배를 먹은 후에 안주를 창끝에 끼워
주거늘 학공이 탄식하여 말하기를

"강약(强弱)이 부동(不同)이라."

할 수 없이 받아먹으니 잔치를 파하고 상좌에서 학공을 잡아
내라 하거늘 그 중에 한 사람이 이르되

"사람을 어찌 임의로 죽이리오. 독 안에 든 쥐니 택일하여
죽이자."

하니 모든 사람이

## 23

그리 ᄒᆞᆽ ᄒᆞ고 허여지더라 학공이 뜻밧게 이 말을 드르미 낙
담상혼하야 혼빅이 ᄒᆞ

터지ᄂᆞᆫ지라 집으로 도라오니 별션이 학공의 손을 잡고 왈 오늘
잔치에셔 무엇이라

ᄒᆞ더닛가 학공이 낙누ᄒᆞ며 ᄒᆞᄂᆞᆫ 말이 나를 죽이ᄌᆞ ᄒᆞ니 이 어
인 말인고 그디 이르ᄂᆞᆫ

디로 져근 잔을 들어 술만 숨비만 먹엇노라 ᄒᆞ니 별션이 기리
숨쉬고 눈물이 비오

듯 ᄒᆞ며 말을 못ᄒᆞ다가 겨우 정신을 ᄎᆞ려 왈 금야 축시에 낭군
을 죽이ᄌᆞ ᄒᆞ고 잔치를

비셜ᄒᆞ엿나이다 ᄒᆞ니 학공이 이 말을 듯고 놀내여 긔절ᄒᆞ얏다
가 반향만에 인ᄉᆞ를

ᄎᆞ리며 왈 이졔ᄂᆞᆫ 니 목슘이 홈졍에 든 범이오 독에 든 쥐라
모친과 동싱의 원슈를 갑

"그리 하자."

하고 헤어지더라.

학공이 뜻밖에 이 말을 들으매 낙담상혼하여 혼백이 흩어지는지라. 집으로 돌아오니 별선이 학공의 손을 잡고 말하기를

"오늘 잔치에서 무엇이라 하더이까?"

학공이 눈물을 흘리며 하는 말이

"나를 죽이자 하니 이 어인 말인고? 그대가 이르는 대로 작은 잔을 들어 술 삼배만 먹었노라."

하니 별선이 깊이 숨을 쉬고 눈물이 비 오듯 하며 말을 못하다가 겨우 정신을 차려 말하기를

"오늘밤 축시(丑時)에 낭군을 죽이자 하고 잔치를 배설하였나이다."

하니 학공이 이 말을 듣고 놀라 기절하였다가 반향 만에 인사를 차리며 말하기를

"이제는 내 목숨이 함정에 든 범이요, 독에 든 쥐라. 모친과 동생의 원수를 갚지

지 못ㅎ고 속졀 업시 죽엇도다 ㅎ고 호텬고지14) 통곡ㅎ니 별션이는 낭군의 손을 잡고

낙누 왈 텬ㅎ가 널다ㅎ야도 이졔로 보건터 좁기도 ㅎ도다 죠고마ㅎ 낭군의 일신을

감츌 곳이 업스니 답답ㅎ고 가련ㅎ도다 니 발셔 이 말을 ㅎ고져 ㅎ느 잔잉ㅎ 거동과

기탄ㅎ는 양을 춤아 보지 못ㅎㄹ 쑨더러 쏘ㅎ 즈결ㅎㄹ가 ㅎ야 지우금 말을 못ㅎ엿거니

와 이졔 낭군이 죽으면 나도 ㅎ가지로 죽을 밧게는 ㅎㄹ 슈 업도다 ㅎ며 불샹토다 우리

낭군 가련ㅎ다 나의 일이 답답ㅎ고 가련ㅎ 이 셔름을 엇지ㅎ면 죳탄 말가 인졔 가면

못하고 속절없이 죽게 되었도다."

하고 호천고지(呼天叩地) 통곡하니 별선이는 낭군의 손을 잡고 눈물을 흘리며 말하기를

"천하가 넓다 하여도 이제 보건대 좁기도 하도다. 조그마한 낭군의 일신을 감출 곳이 없으니 답답하고 가련하도다. 내 벌써 이 말을 하고자 하나 자닝한 거동과 기탄하는 양을 차마 보지 못할 뿐더러 또한 자결할까 하여 지금까지 말을 못하였거니와 이제 낭군이 죽으면 나도 한가지로 죽을 밖에는 할 수 없도다."

하며

"불쌍토다! 우리 낭군. 가련하다! 나의 일이. 답답하고 가련한 이 설움을 어찌하면 좋단 말인가? 인제 가면

## 24

어늬 찍나 다시 올가 초로 갓흔 인싱이 부운 갓치 실어지니 어늬 찍에 다시 볼가 명년

츈삼월 도라오면 꼿흔 다시 보려니와 불상흔 우리 님을 오늘 밤에 죽게 되면 황쳔에

다시 만나 볼가 셔산에 지는 힛는 명일이면 보련만은 답답흐고 원통흐도다 오늘

밤이 망죵일셰 셜운지고 앗갑도다 셔산에 일모흐니 동녕에 돗는 달은 동창에 빗춰

엿다 어리운 듯 밤이 되미 이졔는 홀 슈 업시 죽깃구나 흔탄으로 지닉노라니 학공이

울며 흐는 말이 명명흐신 흐나님은 구버 슬피스 가련흐온 학공이 오늘 밤에 종의 손

에 죽숩나이다 이곳치 죽스온들 뉘라셔 불상타 흐오릿가 흐며 이통흐니 별션이 학

공의 손을 잡고 왈 낭군은 너무 셜어 마옵소셔 어마님도 야슉흐고 야슉흐지 그 말을

어느 때나 다시 올까? 초로 같은 인생이 부운 같이 스러지니 어느 때에 다시 볼까? 명년 춘삼월이 돌아오면 꽃은 다시 보려니와 불쌍한 우리 님은 오늘 밤에 죽게 되면 황천에 다시 만나 볼까? 서산에 지는 해는 명일이면 보련만은 답답하고 원통하도다. 오늘 밤이 망종(亡終)일세. 설운지고. 아깝도다! 서산에 일모하니 동녘에 돋는 달은 동창에 비치었다. 어리운 듯 밤이 되매 이제는 할 수 없이 죽겠구나."

한탄으로 지내노라니 학공이 울며 하는 말이

"명명하신 하나님은 굽어 살피소서. 가련한 학공이 오늘 밤에 종의 손에 죽나이다. 이같이 죽은들 뉘라서 불쌍타 하오리까?"

하며 애통하니 별선이 학공의 손을 잡고 말하기를

"낭군은 너무 서러워 마옵소서. 어머님도 야속하고 야속하지. 그 말을

못 춤던가 이 지경이 되엿단 말가 젼싱 츠싱 무슴 죄로 우리 두리 맛는는고 임 업스면

나 못 술고 나 업스면 임 못 술지 임 죽스오면 너가 엇지 술가 ᄒ며 셔로 붓들고 슬피 우

니 눈물이 비오듯 ᄒ는지라 별션의 ᄌ탄ᄒᄂ 말이 무슴 일로 우리 양인이 연분을 믹

져 놀만 밋고 잇다가 이 지경이 되단 말가 오늘 밤에 죽는 것이 모다 니 타시라 오직 니

몸을 밧고아 죽을 것이오니 낭군은 죠곰도 넘녀 마옵소셔 ᄒ거놀 학공이 ᄒᄂ 말이

못 참던가? 이 지경이 되었단 말인가? 전생차생(前生此生) 무슨 죄로 우리 둘이 만났는고? 임 없으면 나 못 살고 나 없으면 임 못 살지. 임 죽으면 내가 어찌 살까?"

하며 서로 붙들고 슬피 우니 눈물이 비 오듯 하는지라. 별선이 자탄하는 말이

"무슨 일로 우리 양인이 연분을 맺어 나만 믿고 있다가 이 지경이 되었단 말인가? 오늘 밤에 죽는 것이 모두 내 탓이라. 오직 내 몸을 바꾸어 죽을 것이오니 낭군은 조금도 염려 마옵소서."

하거늘 학공이 하는 말이

죽엄도 목목시라 밧구단 말이 무슴 말고 별션이 ᄒ눈 말이 니 말을 주셔히 드르시옵

소셔 만일 낭군이 죽ᄉ오면 부모의 원슈를 뉘라셔 갑ᄉ오릿가 이 몸을 디신ᄒ여도

어두운 밤에 엇지 알니잇가 알니가 업슬 거시니 낭군은 의복을 밧고아 입고 낭군 누

엇든 주리에는 첩이 눕고 첩이 누엇던 주리에는 낭군이 누어 잇스오면 침침ᄒ온 야

슴경에 뉘라셔 분별ᄒ오리오 낭군은 상투를 풀어 당기를 드리 고 첩은 머리를 풀어

상투를 ᄒ오면 져 놈들이 어두운 밤에 상투를 잡아 닐 것이니 낭군은 보짐을 찌고 머

리를 산발ᄒ고 먼 발치로 ᄯᅡ라오며 녀셩으로 울면셔 물가에 셧스면 그 놈들이 첩의

신쳬를 물에 늣코 갈 거시니 물가에 안져 슬피 울면 물 직힌 강원이 비를 타고 올 것이

"죽음도 몷몷이라. 바꾼단 말이 무슨 말인고?"

별선이 하는 말이

"내 말을 자세히 들으옵소서. 만일 낭군이 죽으면 부모의 원수를 뉘라서 갚으오리까? 이 몸을 대신하여도 어두운 밤에 어찌 알리이까? 알 리가 없을 것이니 낭군은 의복을 바꾸어 입고, 낭군 누웠던 자리에는 첩이 눕고 첩이 누웠던 자리에는 낭군이 누워 있으면 침침한 야삼경(夜三更)에 뉘라서 분별하오리오. 낭군은 상투를 풀어 댕기를 드리고 첩은 머리를 풀어 상투를 하오면 저 놈들이 어두운 밤에 상투를 잡아 낼 것이니, 낭군은 봇짐을 끼고 머리를 산발하고 먼발치로 따라오며 여자 목소리로 울면서 물가에 섰으면 그 놈들이 첩의 신체를 물에 넣고 갈 것이니 물가에 앉아 슬피 울면 물 지키는 강원이 배를 타고 올 것이니

니 웨여 이르디 느는 육지에셔 이 셤 즁으로 시집온 지 슙 년만에 부친의 부음을 만나

가다가 비가 업셔 못 가오니 강원님 덕틱으로 물을 건너 쥬시면 죽은 부친의 얼골을

다시 뵈겟습나이다 ᄒ여 이걸ᄒ면 물을 건너 줄 것이니 육지에 나가거던 공부를 힘

써 ᄒ여 아못조록 닙신양명ᄒ야 부모의 원슈를 갑ᄉ옵고 쳡의 원슈도 갑ᄒ 주시옵

소셔 ᄒ고 슬피 울거눌 아모리 그러ᄒ들 니 몸을 위ᄒ야 그디를 죽이고 니 혼ᄌ 술아

외치시기를 '나는 육지에서 이 섬 중으로 시집온 지 삼 년 만에 부친의 부음을 만나 가다가 배가 없어 못 가오니 강원님 덕택으로 물을 건너면 죽은 부친의 얼굴을 다시 뵙겠사옵나이다.' 하며 애걸하면 물을 건너 줄 것이니 육지에 나가거든 공부를 힘써 하여 아무쪼록 입신양명하여 부모의 원수를 갚사옵고 첩의 원수도 갚아 주시옵소서."

하고 슬피 울거늘

"아무리 그러한들 내 몸을 위하여 그대를 죽이고 나 혼자 살아

무엇에 쓰리오 흐늘이 망케 흐옵시니 너가 죽는 것이 맛당흐다 흐니 별션이 흐는 말

이 이 몸은 녀즈라 쓸데 업스온즉 죽스온들 관계흘 비 업스오나 낭군은 쳔금귀쳬를

아못조록 보존흐와 원슈를 갑흐시옵소셔 쳡의 죽은 고혼이라도 부디 잇지 마옵소

셔 흐며 눈물을 흘니거늘 학공이 별션의 우는 양을 보고 목이 메여 말을 못흐다가 이

윽고 진졍흐여 왈 쳔힝으로 스라는들 그디를 죽이고 니 엇지 슬니오 찰아리 흔 가지

로 죽는 것이 맛당흐다 흐고 셔로 붓들고 이통흐니 그 졍상은 춤아 보지 못흘너라 별

션이 디왈 낭군은 너무 스러 마옵시고 밧비 길을 힝흐옵소셔 흘 지음에 원촌에 계명

셩이 들니거늘 피츳 의복을 밧고아 닙고 안지락 누으락 좌불안셕 흐니 그 경상을 엇

무엇에 쓰리오. 하늘이 망케 하시오니 내가 죽는 것이 마땅하다."

하니 별선이 하는 말이

"이 몸은 여자라 쓸 데 없은즉 죽은들 관계할 바 없사오나 낭군은 천금귀체를 아무쪼록 보존하여 원수를 갚으시옵소서. 첩의 죽은 고혼이라도 부디 잊지 마옵소서."

하며 눈물을 흘리거늘 학공이 별선의 우는 모습을 보고 목이 메어 말을 못하다가 이윽고 진정하여 말하기를

"천행으로 살아난들 그대를 죽이고 내가 어찌 살리오. 차라리 한 가지로 죽는 것이 마땅하다."

하고 서로 붙들고 애통하니 그 정상은 차마 보지 못할러라. 별선이 대답하기를

"낭군은 너무 슬퍼 마옵시고 바삐 길을 행하옵소서."

할 즈음에 원촌의 계명성(鷄鳴聲)이 들리거늘 피차 의복을 바꾸어 입고 앉을락 누울락 좌불안석하니 그 경상을 어찌

지 다 긔록ᄒ리오 별션 왈 이것이 꿈인가 싱시인지 진가를 알
슈 업도다 낭군은 천힝

으로 ᄉ라나시거든 미쳔ᄒ 첩을 싱각ᄒ여 주시옵소셔 ᄒ며 이
셜음을 뉘게다 말 홀

고 ᄒ며 울기를 마지아니ᄒ다가 문을 열고 니다보니 야싁이
창망15)ᄒ여 원쳐가 희미

ᄒ고 월싁은 명낭ᄒ야 셔산에 갓가윗고 은하슈 구비는 즁쳔에
빗겻는디 창젼에 외

기러기 짝을 불너 슬피 울고 남산에 뿌리츌이 창경인들 빗치눌
가 화쵹 동방에 마조

다 기록하리오. 별선이 말하기를

"이것이 꿈인가 생시인지 진가(眞假)를 알 수 없도다. 낭군은 천행으로 살아나시거든 미천한 첩을 생각하여 주시옵소서."

하며

"이 설움을 뉘게다 말 할고?"

하며 울기를 마지아니하다가 문을 열고 내다보니 야색이 창망(滄茫)하여 원처(遠處)가 희미하고 월색은 명랑하여 서산에 가까웠고 은하수 구비는 중천에 빗겼는데 창전의 외기러기 짝을 불러 슬피 울고 남산의 부엉이, 꾀꼬린들 빛이 날까? 화촉동방에 마주

안져 찍를 기디리더니 젹은 듯 축시가 되니 학공은 녀복을 닙고 남두셩을 향호야 누

엇고 별션은 남복을 닙고 북두셩을 향호야 누엇더니 이 놈들이 일시에 창검을 들고

드러와 살펴보니 각각 누엇거눌 어루만져 상토를 잡아 쓸어니니 별션이 잡히여 나

가는지라 호 놈이 달려드러 칼로 지르거눌 별션이 녀셩이 눌가호여 함구불언호고

죽는지라 그 놈들이 죽은 신쳬를 폭포슈 흐르는 물에 더지고 가거눌 학공이 머리를

풀어 산발호고 멀니 싸라 녀셩으로 울고 가니 그 놈들이 호는 말이 너는 양반 셔방을

조와호야 그리 슬니 우나냐 호며 마즈 죽이즈 호거눌 그 중에 호 놈이 말호야 왈 별션

이야 슬닌들 엇더호랴 져의 금슬이 즁호여 우는 거시니 도로혀 불상호다 져야 죽든

앉아 때를 기다리더니 어느덧 축시가 되니 학공은 여복을 입고 남두성을 향하여 누웠고 별선은 남복을 입고 북두성을 향하여 누었더니 이놈들이 일시에 창검을 들고 들어와 살펴보니 각각 누었거늘 어루만져 상투를 잡아 끌어내니 별선이 잡히어 나가는지라.

한 놈이 달려들어 칼로 찌르거늘 별선이 여자 목소리가 날까 하여 함구불언(緘口不言)하고 죽는지라. 그 놈들이 죽은 신체를 폭포수 흐르는 물에 던지고 가거늘 학공이 머리를 풀어 산발하고 멀리 따르며 여자 목소리로 울고 가니 그 놈들이 하는 말이

"너는 양반 서방을 좋아하여 그리 슬피 우느냐?"

하며

"마저 죽이자."

하거늘 그 중에 한 놈이 말하기를

"별선이야 살린들 어떠하랴? 저의 금슬이 중하여 우는 것이니 도리어 불쌍하다. 저야 죽든지

지 술든지 져 가는 디로 바려두라 ᄒ거늘 학공이 별션을 싱각
ᄒ여 무슈히 통곡ᄒ고

강변을 바라고 힝ᄒ더니 셔다히로셔 일엽소션이 쩌오거늘 더
욱 슬피 우니 스공이

웨여 왈 져 강변이 안져 우는 녀인은 무슴 연고로 져다지 슬피
우느뇨 학공이 디왈 나

는 륙지에셔 이 섬 즁으로 시집을 왓더니 부친 죽은 부음은
온 지 슘일이 되도록 비가 업

셔 건너가지 못ᄒ옵더니 맛춤 강원님을 맛낫스온즉 강원님은
비를 건너 주옵시면

살든지 저 가는 대로 버려두라."

하거늘 학공이 별선을 생각하여 무수히 통곡하고 강변을 바라고 행하더니 서쪽으로부터 일엽소선이 떠오거늘 더욱 슬피우니 사공이 외쳐 말하기를

"저 강변에 앉아 우는 여인은 무슨 연고로 저다지 슬피 우느뇨?"

학공이 대답하기를

"나는 육지에서 이 섬 중으로 시집을 왔더니 부친 죽은 부음이 온 지 삼일이 되도록 배가 없어 건너가지 못하옵더니 마침 강원님을 만났은즉 강원님은 배를 건너 주시면

## 28

죽은 부친 얼골을 다시 보겟다 ᄒ며 이걸ᄒ니 강원 왈 그디는
류지에서 시집 왓스면

남편도 업나뇨 학공이 답왈 낭군은 흥리츠로 강선 간지 오리되
오지 아니ᄒ미 져와

갓치 오지 못ᄒ엿나이다 ᄒ며 이걸ᄒ니 강원이 그리 알고 비에
오르라 ᄒ니 학공이

반기며 봇짐을 가지고 비에 오르니 눈데업는 동풍이 디작ᄒ여
비 ᄲ르기 술 ᄀ더라

잇ᄯ 별션 어미 쏠이 쏘ᄒ 한가지로 죽을가 ᄒ여 급히 조츠
나와 본즉 간 데 업는지라

물에 ᄲ져 죽은가 ᄒ여 물가에 나가 별션을 츠진들 죽여 물에
너은 별션이가 종젹이

잇스리오 한미 강변에 안져 ᄯᅡᆼ을 두다려 일셩통곡ᄒ며 일은
말이 잔잉ᄒ 인싱이야

무남독녀 니 쏠 니외 ᄒ가지로 죽엇도다 슬푸다 몹슬 인싱 구
츠히 술앗다가 이런 말

죽은 부친 얼굴을 다시 보겠나이다."

하며 애걸하니 강원이 말하기를

"그대가 육지에서 시집 왔으면 남편도 없느뇨?"

학공이 답하기를

"낭군은 흥리차(興利次)로 강선 간 지 오래되어 오지 아니하매 저와 같이 오지 못하였나이다."

하며 애걸하니 강원이 그리 알고 배에 오르라 하니 학공이 반기며 봇짐을 가지고 배에 오르니 난데없는 동풍이 대작하여 배 빠르기가 살 같더라.

이때 별선 어미가 딸이 또한 한가지로 죽을까 하여 급히 쫓아 나와 본즉 간 데 없는지라. 물에 빠져 죽었는가 하여 물가에 나가 별선을 찾은들 죽여 물에 넣은 별선이가 종적이 있으리오. 할미는 강변에 앉아 땅을 두드려 일성통곡하며 이르는 말이

"자닝한 인생이야! 무남독녀 내 딸 내외 한가지로 죽었도다. 슬프다, 몹쓸 인생! 구차히 살았다가 이런 말을

을 누설호야 앗가온 인싱 죽엿스니 이 니 몸이 술아 무엇 홀고 슬푸다 니 팔즈야 누를

호탄호리오 호고 울다가 마지못호여 집으로 드러가니 동지 쏘호 호미를 원망호며

실성체읍으로 셰월을 허송호더라 잇떠 학공은 순풍을 맛나 륙지에 다다르니 강원

이 일너 왈 그더는 어셔 망부의 얼골을 다시 보라 호니 학공이 비에 느려 강원에게 치

스호야 왈 강원님 덕틱으로 망부의 얼골을 다시 보게 호오니 너무 감츅호외다 호고

누설하여 아까운 인생 죽였으니 이 내 몸이 살아 무엇 할고?
슬프다, 내 팔자야! 누구를 한탄하리오."

하고 울다가 마지못하여 집으로 들어가니 동지 또한 할미를
원망하며 실성체읍으로 세월을 허송하더라.

이때 학공은 순풍을 만나 육지에 다다르니 강원이 이르기를
"그대는 어서 망부(亡父)의 얼굴을 다시 보라."

하니 학공이 배에서 내려 강원에게 치사하여 말하기를
"강원님 덕택으로 망부의 얼굴을 다시 보오니 너무 감축하외
다."

하고

이계 육지에 나왓스니 의복을 가라닙고 가리라 ᄒ고 봇짐을 펼쳐 놋코 보니 의복과

팔진미를 만히 싸고 ᄯᅩ호 일봉셔를 너엇거늘 즉시 써혀 보니 ᄒ엿스되 슬푸다 부싱

모육호 은혜가 여산여히 지음이오 부창부슈ᄒ니 슘좀지례16) 를 일윗더니 조물이 시

기ᄒ고 귀신이 작희ᄒ여 어졔 눌 피인 꼿치 우연이 풍우를 맛 나도다 오복에 일왈 슈

라 ᄒ엿거늘 못되여도 이싱밧게 ᄯᅩ 잇는고 홍안쳥츈에 무슴 죄로 이 셰상을 이별ᄒ

야 단불17)에 나뷔 몸이 되엿는고 우리 둘이 인연 미져 금슬지 락으로 지니다가 원앙이

완젼치 못ᄒ여 신정이 미흡ᄒ며 꿈결갓치 영별ᄒ니 죽으 넉시 라도 눈물겨워 어이

홀지 이별이 만타혼들 우리 이별 가치 셜울소냐 꿈일런가 싱시 넌가 슘츈에 놀든 봉

"이제 육지에 나왔으니 의복을 갈아입고 가리라."

하고 봇짐을 펼쳐 놓고 보니 의복과 팔진미를 많이 싸고 또한 일봉서(一封書)를 넣었거늘 즉시 떼어 보니 하였으되

슬프다! 부생모육한 은혜가 산과 같이 높고 바다 같이 넓은 은혜요, 부창부수(夫唱婦隨)하니 삼종지례(三從之禮)를 이뤘더니 조물이 시기하고 귀신이 작희(作戲)하여 지나간 날 핀 꽃이 우연히 풍우를 만났도다. 오복의 하나가 수(壽)라 하였거늘 못되어도 이생밖에 또 있는고? 홍안(紅顔) 청춘(靑春)에 무슨 죄로 이 세상을 이별하여 단불에 나비 몸이 되었는고? 우리 둘이 인연 맺어 금슬지락(琴瑟之樂)으로 지내다가 원앙이 완전치 못하여 신정이 미흡하며 꿈결같이 영별하니 죽어 넋이라도 눈물겨워 어이할지 이별이 많다한들 우리 이별같이 서러울 소냐? 꿈일런가, 생실런가? 삼춘에 놀던 봉접

접 광풍에 훗허겻도다 어엿분 나뷔 꼿츨 일코 갈 곳이 젼혀 업다 고셔에 일넛스되 고

진감리와 홍진비리라 ᄒ얏스니 쳔지도 순환이오 일월도 영칙[18]이라 쳔금일신이 아

못조록 귀이 되여 원슈를 갑흔 후에 첩의 고혼을 잇지 마옵소셔 첩은 죽은 고혼일지

라도 낭군을 위ᄒ야 후셰에 다시 맛나물 바라ᄂ이다 슬푸다 낭군의 혈혈단신이 어

디가 의탁ᄒ오며 첩의 미미혼 고혼은 뉘게 가 의지ᄒ오릿가 복중의 슬푼 소원을 엇

광풍에 흩어졌도다! 어여쁜 나비 꽃을 잃고 갈 곳이 전혀 없다. 고서에 일렀으되 고진감래(苦盡甘來)와 흥진비래(興盡悲來)라 하였으니 천지도 순환이요, 일월도 영측(盈昃)이라. 천금(千金) 일신(一身)이 아무쪼록 귀히 되어 원수를 갚은 후에 첩의 고혼을 잊지 마옵소서. 첩은 죽은 고혼일지라도 낭군을 위하여 후세에 다시 만남을 바라나이다. 슬프다. 낭군의 혈혈단신(孑孑單身)이 어디 가 의탁하오며 첩의 미미한 고혼은 뉘게 가 의지하오리까? 복중의 슬픈 소원을 어찌

## 30

지 다 층양 ᄒ오릿가 ᄒ을 말슴 여산약히 오나 지필을 디하오
민 정신이 아득ᄒ고 눈

물이 압흘 가려 이만 디강 긔록ᄒ여 알외오니 부디 평안이 가
옵소셔 쳡은 이 길로 망

죵 ᄒ직ᄒ나니다 ᄒ얏더라 학공이 편지를 다 보민 정신이 아득
ᄒ여 눈물이 비 오듯

ᄒ는지라 ᄒ 손은 편지를 들고 ᄒ 손으로 쌍을 치며 통곡ᄒ니
산쳔쵸목이 다 슬허ᄒ

는 듯ᄒ더라 겨우 울음을 그치고 ᄒ는 말이 비록 죽은 고혼이
라도 나를 위ᄒ야 주리

라 ᄒ얏스니 쳘셕 간장이라도 안이 울고 어이ᄒ리 무슈히 탄식
ᄒ다가 고향에나 가

보리라 ᄒ고 길을 쩌ᄂᆞᆫ지라 각셜 츈셤이 조평을 ᄯᆞ라가셔 일신
은 의탁이 되얏스나

공조의 소식을 몰나 주야로 셩화 셩병이 되여 세상을 버리게
되얏더니 일일은 혼조

다 측량하오리까? 하올 말씀 여산약해(如山若海)오나 지필(紙筆)을 대하오매 정신이 아득하고 눈물이 앞을 가려 이만 대강 기록하여 아뢰오니 부디 평안히 가옵소서. 첩은 이 길로 망종(亡終) 하직하나이다.

하였더라. 학공이 편지를 다 보매 정신이 아득하여 눈물이 비 오듯 하는지라. 한 손은 편지를 들고 다른 한 손으로는 땅을 치며 통곡하니 산천초목이 다 슬퍼하는 듯하더라. 겨우 울음을 그치고 하는 말이 비록 죽은 고혼이라도 나를 위하여 주리라 하였으니 철석간장(鐵石肝腸)이라도 아니 울고 어이하리? 무수히 탄식하다가 고향에나 가 보리라 하고 길을 떠난지라.

각설. 춘섬이 조평을 따라가서 일신은 의탁이 되었으나 공자의 소식을 몰라 주야로 성화(成火)하여 병이 되어 세상을 버리게 되었더니, 일일은 혼잣말로

말로 이 몸이 죽어 모른는 것이 올타 ㅎ고 ㅈ결코ㅈ 하다가 다시금 싱각ㅎ고 당쵸에

부인이 공ㅈ를 니게다 부탁ㅎ야 계신즉 공ㅈ의 거쳐를 아지 못ㅎ고 니 먼져 죽으면

부인의 부탁을 저바리는 것이오 ㅅㅈㅎ즉 갈ㅅ록 고싱이니 이를 장ㅊ 엇지 ㅎ리오

ㅎ다가 ㅎ는 말이 니가 가셔 공ㅈ를 보고 죽는 것이 올타ㅎ고 일일은 조평다려 ㅎ는

말이 니가 공ㅈ를 이별ㅎ 지가 임의 슈년이라 ㅅ싱 간 소식을 몰나 답답ㅎ기 층량업

"이 몸이 죽어 모르는 것이 옳다 하고 자결코자 하다가 다시금 생각하고, 당초에 부인이 공자를 내게다 부탁하여 계신즉 공자의 거처를 알지 못하고 나 먼저 죽으면 부인의 부탁을 저버리는 것이오. 살자한즉 갈수록 고생이니 이를 장차 어찌 하리오."

하다가 하는 말이

"내가 가서 공자를 보고 죽는 것이 옳다."

하고 일일은 조평더러 하는 말이

"내가 공자를 이별한 지가 이미 수년이라. 사생(死生) 간 소식을 몰라 답답하기 측량없으니

## 31

스니 니가 가셔 소식을 탐지ㅎ고 오깃노라 ㅎ딕 조평이 마지못
ㅎ야 보니거눌 춘셤

이 김 동지 집에 가 소식을 탐지ㅎ니 공즈 임의 죽엇눈지라
이 말을 드르민 가슴이 셔

늘ㅎ야 흉격이 막히여 말을 못ㅎ다가 겨우 정신을 츠려 셰상을
바리고져 ㅎ다가 다

시 싱각혼즉 공즈는 님의 죽엇거니와 십싱구ㅅ ㅎ야 부인을 다
시 뵈옵고 이 말슴을

ㅎ고 죽는 것이 올타 ㅎ고 그 길로 바로 지향 업시 가더니 혼
곳에 다다르니 산슈가 슈

려ㅎ고 경기절승혼지라 경기를 탐ㅎ야 졈졈 드러가니 운산은
쳡쳡혼지라 혼곳을

드러가니 풍경소리 은은히 들니거눌 그 쇼리를 좃ㅊ 드러가니
혼 암지 잇거눌 나가

보며 주져ㅎ더니 혼 녀승이 나와 보고 문왈 어딕 계신 부인이
완딕 이 ㄱㅌ 심산궁곡

내가 가서 소식을 탐지하고 오겠노라."

한대 조평이 마지못하여 보내거늘 춘섬이 김 동지 집에 가 소식을 탐지하니 공자가 이미 죽었는지라. 이 말을 들으매 가슴이 서늘하여 마음속이 막히어 말을 못하다가 겨우 정신을 차려 세상을 버리고자 하다가 다시 생각한즉

'공자는 이미 죽었거니와 십생구사(十生九死)하여 부인을 다시 뵈옵고 이 말씀을 하고 죽는 것이 옳다.'

하고 그 길로 바로 지향 없이 가더니 한 곳에 다다르니 산수가 수려하고 경개절승한지라. 경개를 탐하여 점점 들어가니 운산은 첩첩한지라. 한 곳을 들어가니 풍경소리 은은히 들리거늘 그 소리를 쫓아 들어가니 한 암자가 있거늘 나가 보며 주저하더니 한 여승이 나와 보고 묻기를

"어디 계신 부인이관데 이 같은 심산궁곡을

을 추즈 왓는잇가 츈셤이 디왈 나는 지향 업는 스롬이러니 우연히 길을 일코 이곳에

왓스오니 호로 밤 지니고 가기를 쳥호노라 혼디 녀승이 허락호거늘 춘셤이 녀승을

짜라 좌즁에 비례호고 안졋더니 이윽고 셕반을 쥬거늘 바다먹은 후에 졔승과 담화

를 호더니 그 즁 혼 부인이 츈셤을 보고 슬푼 빗치 은은호거늘 츈셤이 그 부인을 즈셔

히 본즉 안면이 의회19)혼지라 마음이 쏘혼 비창호여 낙누호니 부인이 이 거동을 보고

찾아 왔나이까?"

춘섬이 대답하기를

"나는 지향 없는 사람이러니 우연히 길을 잃고 이곳에 왔사
오니 하룻밤 지내고 가기를 청하노라."

한대 여승이 허락하거늘 춘섬이 여승을 따라 좌중에 배례하
고 앉았더니 이윽고 석반을 주거늘 받아먹은 후에 제승과 담화
를 하더니 그 중 한 부인이 춘섬을 보고 슬픈 빛이 은은하거늘
춘섬이 그 부인을 자세히 본즉 안면이 비슷한지라. 마음이 또
한 비창하여 낙루하니 부인이 이 거동을 보고

왈 어디 잇는 스룸이완디 소미 평싱지인을 보고 이갓치 슬허홈은 무숨일고 츈셤이

염용[20] 디왈 쇼녀는 조실부모흐와 거쥬셩명은 모로옵거니와 부인을 흔 번도 보인 쎠

는 업스오나 존안을 뵈오니 즈연 마음이 감동흐여 눈물흐르는 것을 씨닷지 못흐엿

스오니 죄송 만만이로쇼이다 부인이 그졔야 즈셔히 보니 음셩과 모양이 츈셤과 방

불흔지라 다시 문왈 셰상에 스룸 되고 거쥬셩명을 엇지 모로리오 즈셔히 바른디로

말흐라 흐니 츈셤이 부인의 관곡히[21] 무르심을 디졉흐여 다시 이러ᄂ 졀흐고 엿즈오

디 쇼녀는 본디 강쥬 홍쳔부 북면셔 스던 스룸으로 일즉이 부모를 여희고 일가친쳑

이 업스옵기로 표박동셔흐와 유리기걸흐는 사룸인고로 셩명은 아지 못흐ᄂ이다

말하기를

"어디 있는 사람이건대 소매가 평생지인을 보고 이같이 슬퍼함은 무슨 일인고?"

춘섬이 조심스레 대답하기를

"소녀는 조실부모(早失父母)하여 거주성명은 모르거니와 부인을 한 번도 뵌 적은 없사오나 존안(尊顔)을 뵈오니 자연 마음이 감동하여 눈물이 흐르는 것을 깨닫지 못하였사오니 죄송 만만이로소이다."

부인이 그제야 자세히 보니 음성과 모양이 춘섬과 방불한지라. 다시 묻기를

"세상에 사람이 되어 거주성명을 어찌 모르리오. 자세히 바른대로 말하라."

하니 춘섬이 부인의 관곡히 물으심을 대접하여 다시 일어나 절하고 여쭈되

"소녀는 본대 강주 홍천부 북면에서 살던 사람으로 일찍이 부모를 여의고 일가친척이 없기로 표박 동서하여 유리개걸하는 사람인고로 성명은 알지 못하나이다."

ᄒ거눌 부인이 북면 스룸이라는 말을 듯고 마음이 더욱 비창ᄒ
여 정신이 산란ᄒ여

말을 잘 못ᄒ다가 겨우 진졍ᄒ여 다시 물어 왈 그ᄃ가 북면
스룸이라 ᄒ니 김 낭쳥 ᄃ

을 아느냐 ᄒ니 츈셤이 ᄃ왈 아든 못ᄒ거니와 그 ᄃ을 엇지
ᄌ셔히 아니사닛가 ᄒ며

비감ᄒ 눈물이 비 오듯 ᄒ거눌 부인이 츈셤의 ᄒ는 양을 보고
의아ᄒ여 츈셤을 다리

고 죵용한 곳에 가 물어 왈 나는 다른 스룸이 안이라 김 낭쳥
ᄃ 부인 최씨니 긔이지²²⁾ 말

하거늘 부인이 북면 사람이라는 말을 듣고 마음이 더욱 비창하고 정신이 산란하여 말을 잘 못하다가 겨우 진정하여 다시 묻기를

"그대가 북면 사람이라 하니 김 낭청 댁을 아느냐?"

하니 춘섬이 대답하기를

"알지 못하거니와 그 댁을 어찌 자세히 아시나이까?"

하며 비감한 눈물이 비 오듯 하거늘 부인이 춘섬의 하는 모습을 보고 의아하여 춘섬을 데리고 조용한 곳에 가 물어 말하기를

"나는 다른 사람이 아니라 김 낭청 댁 부인 최씨니 숨기지 말

## 33

고 바른 더로 말ᄒ라 혼디 츈셤이 그졔야 부인인 줄 알고 부
복[23] 통곡 왈 부인은 쇼비 츈

셤을 모로시ᄂᆞᆺ잇가 ᄒ니 부인이 츈셤의 손을 잡고 우다가 ᄌ로
긔졀ᄒ거눌 츈셤이

구호ᄒ여 겨우 정신을 ᄎ려 왈 이것이 꿈이냐 싱시이냐 학공은
어디 두고 너 혼ᄌ 왓

ᄂ뇨 방셩통곡 ᄒ거눌 츈셤이 젼후슈말을 낫낫치 고ᄒ며 눈물
을 흘니거눌 부인이

이 말을 드르미 더욱 긔졀ᄒ야 통곡 왈 너가 이 심산궁곡에
와 고초를 격ᄂ 것은 학공

을 위홈이러니 이졔 학공이 죽엇다 ᄒ니 누를 바라고 살니오
ᄒ며 깁 슈건으로 목을

미고 ᄌ결코져 ᄒ거눌 츈셤이 이걸 왈 도시 천뎡이니 과도히
슬허 마옵시고 귀쳬를

보즁ᄒ옵쇼셔 혼디 부인이 정신을 슈습ᄒ여 무졍혼 셰월을 눈
물로 허송ᄒᄂ 학공

고 바른대로 말하라."

한대 춘섬이 그제야 부인인 줄 알고 엎드려 통곡하며 말하기를

"부인은 소비 춘섬을 모르시나이까?"

하니 부인이 춘섬의 손을 잡고 울다가 자주 기절하거늘 춘섬이 구호하여 겨우 정신을 차려 말하기를

"이것이 꿈이냐, 생시냐? 학공은 어디 두고 너 혼자 왔느뇨?"

방성통곡하거늘 춘섬이 전후수말(前後首末)을 낱낱이 고하며 눈물을 흘리거늘 부인이 이 말을 들으매 더욱 기절하여 통곡하여 말하기를

"내가 이 심산궁곡에 와서 고초를 겪는 것은 학공을 위함이러니 이제 학공이 죽었다 하니 누구를 바라고 살리오?"

하며 비단 수건으로 목을 매고 자결코자 하거늘 춘섬이 애걸하며 말하기를

"아무래도 천정(天定)이니 과도히 슬퍼 마옵시고 귀체를 보중하옵소서."

한대 부인이 정신을 수습하여 무정한 세월을 눈물로 허송하나 학공을

을 싱각ᄒ면 간담이 썩는 듯 싱불여스[24]로 지니더라 이썩 학공이 여러 늘 만에 고향에

다다르니 산쳔은 의구ᄒ나 스든 집터는 쑥밧치 되엿는지라 부친 산쇼에 올나가니

쵸목은 우거지고 분상은 퇴락ᄒ엿스니 엇지 슬푸지 안이ᄒ리오 분상을 붓들고 디

셩통곡ᄒ는 말이 부친은 산쇼라도 영쳔이나 모친과 동싱은 종젹이 업스오니 읏지

원통치 아니ᄒ리오 ᄒ며 무슈히 통곡ᄒ다가 산쇼에 ᄒ직ᄒ고 경셩으로 향ᄒ야 길

생각하면 간담이 썩는 듯 생불여사(生不如死)로 지내더라.

이때 학공이 여러 날 만에 고향에 다다르니 산천은 의구하나 살던 집터는 쑥밭이 되었는지라. 부친 산소에 올라가니 초목은 우거지고 무덤은 퇴락하였으니 어찌 슬프지 아니하리오. 무덤을 붙들고 대성통곡하는 말이

"부친은 산소라도 남아 있으나 모친과 동생은 종적이 없사오니 어찌 원통치 아니하리오."

하며 무수히 통곡하다가 산소에 하직하고 경성으로 향하여 길을

## 34

을 써나가나 어늬 친척이 잇셔 위터ᄒ 리 뉘 잇스리오 졍쳐
업시 가다가 ᄒ 곳에 다다

르니 인가가 즐비ᄒ고 쥬란화각25)이 잇거늘 그 집을 무른디
쳥쥬 황승샹 딕이라 ᄒ거

늘 문 밧게 가 비회ᄒ다가 글 ᄒ 귀를 지여 문 우에 부치고
겨즈 거리에 가셔 쥬졈을 ᄎ

즈 요긔코즈 ᄒ여 가더라 맛춤 황승샹이 죽장마혜로 문 밧게
ᄂ왓다가 문 우에 부친

글을 보고 놀ᄂ여 왈 이 글을 누가 지엿는지 샹쳬가 비샹ᄒ
스롭이로다 ᄒ고 하인을

불너 물은디 하인이 답 왈 앗가 엇더ᄒ 쇼년 셔싱이 문젼에
비회ᄒ다가 이 글을 쓰고

가옵더이다 ᄒ거늘 승샹이 하인다려 그 스롭을 ᄎ즈오라 분부
ᄒ디 하인이 즉시 가

셔 두루 단겨 겨즈 거리에 다다르니 과연 그 스롭이 잇거늘
하인이 학공다려 왈

떠나가나 어느 친척이 있어 우대할 이 누가 있으리오. 정처 없이 가다가 한 곳에 다다르니 인가가 즐비하고 주란화각(朱欄畫閣)이 있거늘 그 집을 물어본대 청주 황 승상 댁이라 하거늘, 문 밖에 가 배회하다가 글 한 귀를 지어 문 위에 붙이고 저자 거리에 가서 주점을 찾아 요기하고자 하여 가더라.

마침 황 승상이 죽장망혜로 문 밖에 나왔다가 문 위에 붙은 글을 보고 놀라 말하기를

"이 글을 누가 지었는지 비상한 사람이로다."

하고 하인을 불러 물어본대 하인이 답하기를

"아까 어떠한 소년 서생이 문전에 배회하다가 이 글을 쓰고 가더이다."

하거늘 승상이 하인더러 그 사람을 찾아오라 분부한대 하인이 즉시 가서 두루 다녀 저자 거리에 다다르니 과연 그 사람이 있거늘, 하인이 학공더러 말하기를

우리 승상게옵셔 불너 계시니 가스이다 흐거놀 학공이 승샹이
뉘신지 아지 못 흐거니와

무슴 일로 부르시던고 흔디 하인이 답 왈 가시면 즈연 아시리
다 흐거놀 학공이 하인

을 짜라가 승상게 뵈오디 승상이 문 왈 이 글을 뉘가 지엿는고
학공이 답 왈 쇼싱이 지

엇거니와 문 우에 글을 썻스오니 죄숑 만만이외다 승상이 학공
의 손을 잡고 왈 뉘 집

즈손이며 승명은 무엇이며 느흔 얼마나 되엿느뇨 학공이 디
왈 쇼싱은 강쥬 홍천부

"우리 승상께옵서 불러 계시니 가사이다."

하거늘 학공이

"승상이 뉘신지 알지 못 하거니와 무슨 일로 부르시던고?"

한대 하인이 답하기를

"가시면 자연 아시리다."

하거늘 학공이 하인을 따라가 승상께 뵈되 승상이 묻기를

"이 글을 누가 지었는고?"

학공이 답하기를

"소생이 지었거니와 문 위에 글을 썼사오니 죄송 만만이외다."

승상이 학공의 손을 잡고 말하기를

"뉘 집 자손이며 성명은 무엇이며 나이는 얼마나 되었느뇨?"

학공이 대답하기를

"소생은 강주 홍천부

## 35

북면에 스든 김 낭쳥의 아달 학공이옵고 나은 십팔 셰오나 팔
ᄌ가 긔박ᄒ여 조실부

모ᄒᆞᆸ고 쳑신이 무의ᄒ와 유리기걸 ᄒᆞᆸ나이다 승샹이 디경
왈 이 어인 말인고 김

낭쳥은 날과 죽마고우라 ᄒᆞᆫ 날 ᄒᆞᆫ 시에 나은 동갑이오 쏘ᄒᆞᆫ
동방급제 ᄒᆞ야 그디 부친

은 ᄂᆡ직으로 계시고 나는 외직으로 잇셔 지니나 ᄂᆡ 나히 ᄉ십
에 일졈혈육이 업셔셔

조셕으로 셔러ᄒᆞ더니 그디 부친은 벼살을 ᄒᆞ직ᄒᆞ고 고향에 간
지 임의 이십 년에 ᄒᆞᆫ

번 다시 맛나 봄을 바라더니 발셔 황쳔긱이 되엿도다 그 말을
드르니 비창ᄒᆞ기 긔지

업거니와 그대 ᄀᆞᆺᄒᆞᆫ 영걸의 아달을 두엇스니 너무도 감츅ᄒᆞ나
나는 지우금 슬하가

젹막ᄒᆞ야 쥬야로 슬허ᄒᆞ노라 ᄒᆞ거늘 학공이 다시 이러나 졀ᄒᆞ
여 왈 션친 붕우라 ᄒᆞ

북면에 살던 김 낭청의 아들 학공이옵고, 나이는 십팔 세이오나 팔자가 기박하여 조실부모하옵고 외로운 몸이 기댈 데가 없어 유리개걸 하옵나이다."

승상이 대경하여 말하기를

"이 어인 말인고? 김 낭청은 나와 죽마고우(竹馬故友)라. 한날 한 시에 난 동갑이오. 또한 함께 급제하여 그대 부친은 내직으로 계시고 나는 외직으로 있어 지내나 내 나이 사십에 일점혈육이 없어서 조석으로 슬퍼하더니 그대 부친은 벼슬을 하직하고 고향에 간 지 이미 이십 년에 한 번 다시 만나 봄을 바라더니 벌써 황천객이 되었도다. 그 말을 들으니 비창하기 그지없거니와 그대 같은 영걸 아들을 두었으니 너무도 감축하나 나는 지금까지 슬하가 적막하여 주야로 슬퍼하노라."

하거늘 학공이 다시 일어나 절하여 말하기를

"선친의 붕우(朋友)라 하시니

시니 션친을 뵈온 듯 깃부기 측냥 업습도쇼이다 승샹이 니당에 드러가 부인게 이 말

을 주셔히 이르고 슈양주를 정호자 호거눌 승샹 부인이 답 왈 승샹 마음에 합당호시

기든 그리 호옵소셔 승샹이 즉시 친척과 붕우를 쳥호고 문괴를 써 슈양주를 졍홀시

잔치를 비셜호더라 승샹의 여러 친구들이 학공을 보고 칭찬 안이 리 업더라 이 날부

터 학공이 학업을 힘써 홈이 문일지십 호야 문필이 대발홈이 필법은 귀신을 놀너고

선친을 뵌 듯 기쁘기 측량없소이다."

승상이 내당에 들어가 부인께 이 말을 자세히 이르고 수양자를 정하자 하거늘 승상 부인이 답하기를

"승상 마음에 합당하시거든 그리 하옵소서."

승상이 즉시 친척과 붕우를 청하고 문권을 써 수양자를 정할새 잔치를 배설하더라. 승상의 여러 친구들이 학공을 보고 칭찬 않을 이 없더라. 이 날부터 학공이 학업을 힘써 하매 문일지십(聞一知十)하여 문필이 대발하매 필법은 귀신을 놀래고

문장은 두목지를 압두ᄒ니 문명이 조야에 진동ᄒ더라 잇ᄶ 임 감ᄉ라 ᄒ는 지상이

잇스되 가산이 요부ᄒ고 무남독녀를 두엇스니 인물과 지질이 겸비ᄒ여 인리 ᄉ롬

들이 칭찬 안이 리 업더라 임 감ᄉ가 현셔를 구ᄒ더니 학공을 보미 마음에 깃거ᄒ고

가니라 승상이 임 감ᄉ에게 미파를 보니고 쳥혼ᄒ대 임 감ᄉ 깃거 허락ᄒ는지라 승

상이 즉시 길일을 퇵ᄒ니 졍히 츈숨월 망간이라 학공이 별션을 싱각ᄒ고 승상게 엿

ᄌ오대 쇼ᄌ가 일즉 취쳐를 ᄒ얏습다가 상쳐ᄒ온 후에ᄂ 취실ᄒ올 마음이 업ᄉ오

니 엇지 ᄒ올는지오 ᄒ거눌 승상이 쇼 왈 충신은 불ᄉ이군이오 렬녀ᄂ 불경이부라

ᄒ얏스나 네게ᄂ 당치 안이혼 말이니 다시 두 말 말나 ᄒ시니 학공이 승상의 말숨을

문장은 두목지를 압두하니 문명이 조야에 진동하더라.

이때 임 감사라 하는 재상이 있으되 가산이 요부하고 무남독녀를 두었으니 인물과 재질이 겸비하여 이웃 사람들이 칭찬 않는 이가 없더라. 임 감사가 어진 사위를 구하더니 학공을 보매 마음에 기뻐하고 가니라. 승상이 임 감사에게 매파를 보내고 청혼한대 임 감사가 기뻐 허락하는지라. 승상이 즉시 길일을 택하니 정히 춘삼월 망간이라.

학공이 별선을 생각하고 승상께 여쭈되

"소자가 일찍 취처(娶妻)를 하였다가 상처하온 후에는 취실(娶室)하올 마음이 없사오니 어찌 하올런지요?"

하거늘 승상이 웃으며 말하기를

"'충신은 불사이군(不事二君)이요, 열녀는 불경이부(不更二夫)라.' 하였으나 네게는 당치 아니한 말이니 다시 두 말 말라."

하시니 학공이 승상의 말씀을

거스르지 못ᄒᆞ야 다시 알외지 못ᄒᆞ고 심회 불평히 지ᄂᆡ더라 어언간 길일을 당ᄒᆞᆷᄋᆡ

별션의 ᄉᆡᆼ각이 더욱 간절ᄒᆞᆫ지라 위의를 가쵸아 례셕에 이르니 신랑의 늠늠ᄒᆞᆫ 풍치

와 신부의 요요ᄒᆞᆫ 틱도ᄂᆞᆫ 가위 쳔졍비필이라 보ᄂᆞᆫ 지 뉘 안이 칭찬ᄒᆞ리오 죵일토록

잔치를 맛친 후 날이 져물ᄆᆡ 신방에 드러가 좌뎡ᄒᆞ니 별션의 ᄉᆡᆨ각이 ᄌᆞ연 더욱 간졀

ᄒᆞ야 젼젼불ᄆᆡ ᄒᆞ더니 밤이 임의 깁헛ᄂᆞᆫ지라 마지못ᄒᆞ야 침셕에 누엇더니 비몽ᄉᆞ

거스르지 못하여 다시 아뢰지 못하고 심회 불평하게 지내더라.

어언간 길일을 당하매 별선의 생각이 더욱 간절한지라. 위의(威儀)를 갖추어 예석에 이르니 신랑의 늠름한 풍채와 신부의 요요한 태도는 가위(可謂) 천정배필이라. 보는 자 누구 아니 칭찬하리오. 종일토록 잔치를 마친 후 날이 저물매 신방에 들어가 좌정하니 별선의 생각이 자연 더욱 간절하여 전전불매(輾轉不寐) 하더니 밤이 이미 깊었는지라. 마지못하여 침석에 누웠더니

## 37

몽간에 별 낭지 져즌 옷슬 입고 드러와 랑군을 붓들고 낙누ᄒ
며 왈 당쵸의 언약이 지

즁ᄒ거눌 이다지 허ᄉ가 될 쥴 엇지 아랏스리오 이 방이 뉘
방이라고 누엇스며 날 ᄀᆞᆺ

ᄒ 박명 원혼은 쥬야 랑군 싱각이 간졀ᄒ야 잇지 못ᄒ얏더니
낭군은 조흔 시졀을 다

시 맛나 슉녀를 취ᄒ야 날 ᄀᆞᆺ흔 혼빅을 싱각지 아니 ᄒ시니
엇지 슬푸지 안이 ᄒ오릿

가 그러ᄒ오나 속담에 이르기를 탐화봉졉이라 ᄒ얏스니 엇지
ᄶᅥ러진 ᄭᅩᄎ를 싱각ᄒ

고 시로 픠는 ᄭᅩᄎ를 도라보지 아니 ᄒ오릿가 바라건디 낭군은
불상흔 쳡의 혼빅도 싱

각ᄒᆞᆸ쇼셔 유명이 다르기로 오리 머무지 못ᄒ고 밧비 도라가
오니 낭군은 니니 무

량ᄒᆞᆸ소셔 ᄒ고 도라가거눌 학공이 달녀드러 붓들냐 ᄒᆞᆯ 지음
에 홀연 간 데 업눈지

비몽사몽간에 별 낭자가 젖은 옷을 입고 들어와 낭군을 붙들고 낙루(落淚)하며 말하기를

"당초의 언약이 지중하거늘 이다지 허사가 될 줄 어찌 알았으리오? 이 방이 누구 방이라고 누웠으며 나 같은 박명 원혼은 주야로 낭군 생각이 간절하여 잊지 못하였더니 낭군은 좋은 시절을 다시 만나 숙녀를 취하여 이 같은 혼백을 생각지 아니하시니 어찌 슬프지 아니하오리까? 그러하오나 속담에 이르기를 탐화봉접이라 하였으니 어찌 떨어진 꽃을 생각하고 새로 피는 꽃을 돌아보지 아니 하오리까? 바라건대 낭군은 불쌍한 첩의 혼백도 생각하옵소서. 유명(幽明)이 다르기로 오래 머물지 못 하고 바삐 돌아가오니 낭군은 내내 무량하옵소서."

하고 돌아가거늘 학공이 달려들어 붙들려 할 즈음에 홀연간 데 없는지라.

라 놀나 씨다르니 남가일몽이라 심신이 산란ᄒᆞ야 잠을 이루지 못ᄒᆞ고 쥬야로 별 낭

즈의 싱각이 간절ᄒᆞ더라 일일은 또 비몽간에 별 낭지 와셔 학공의 손을 잡고 몸에 피

를 흘니고 스ᄆᆡ로 눈물을 씨스며 왈 망극ᄒᆞᆫ 정회는 푸럿스나 또 온 것은 다름 안이오

라 지금 국틱민안 ᄒᆞ와 황셩에셔 과거를 뵈인다 ᄒᆞ오니 아못조록 과거를 보아 춤방

ᄒᆞ시거던 불공딕쳔지원슈를 갑게 ᄒᆞ옵쇼셔 ᄒᆞ고 문득 간 데 업거놀 놀나 씨다르니

놀라 깨달으니 남가일몽이라. 심신이 산란하여 잠을 이루지 못 하고 주야로 별 낭자의 생각이 간절하더라.

일일은 또 비몽사몽간에 별 낭자가 와서 학공의 손을 잡고 몸에 피를 흘리고 소매로 눈물을 씻으며 말하기를

"망극한 정회는 풀었으나 또 온 것은 다름 아니오라 지금 국태민안(國泰民安) 하여 황성에서 과거를 보인다 하오니 아무쪼록 과거를 보아 참방하시거든 불공대천지원수(不共戴天之怨讐)를 갚게 하옵소서."

하고 문득 간 데 없거늘 놀라 깨달으니

침상일몽이라 학공이 고이히 역여 과거 쇼문을 탐지ᄒ니 과연 과거를 뵈인다 ᄒ거

눌 과일을 기디리다가 그 눌을 당홈이 학공이 시지를 엽헤 찌고 장중에 드러가니 글

졔를 거럿거눌 현졔판을 바라보니 평싱에 외오든 글이어눌 용연에 먹을 가라 황모

무심필[26]을 반즁동을 흠셕 푸러 일필휘지 ᄒ니 문장은 리틱빅이오 필법은 왕희지라

일천에 션장ᄒ고 나왓더니 황 승샹이 궐늬에 드러가 춤녜ᄒ얏다가 방목을 살펴보

니 알셩도 장원 김학공이라 ᄒ엿거눌 승샹이 깃거 즉시 나와 학공을 다리고 궐늬에

드러가 복지ᄒ디 샹이 보시고 칭찬ᄒᄉ 즉시 실늬를 부르신디 학공이 머리에 어ᄉ

화를 쏫고 쳥ᄉ 관디를 입고 옥디를 ᄯᅴ고 계하에 진퇴ᄒᄂ 양은 쳔샹션관이 하강ᄒ

침상일몽이라. 학공이 괴이히 여겨 과거 소문을 탐지하니 과연 과거를 보인다 하거늘 과일(科日)을 기다리다가 그 날을 당하매 학공이 시지(試紙)를 옆에 끼고 장중에 들어가니 글제를 걸었거늘 현제판을 바라보니 평생에 외우던 글이거늘 용연에 먹을 갈아 황모무심필(黃毛無心筆) 반 중동을 흠씬 풀어 일필휘지(一筆揮之) 하니 문장은 이태백이요, 필법은 왕희지라. 일천(一天)에 선장(先場)하고 나왔더니 황 승상이 궐내에 들어가 참례하였다가 방목을 살펴보니 알성도 장원 김학공이라 하였거늘 승상이 기뻐 즉시 나와 학공을 데리고 궐내에 들어가 복지한대 상이 보시고 칭찬하사 즉시 실내를 부르신대 학공이 머리에 어사화를 꽂고 청사 관대를 입고 옥대를 띠고 계하에 진퇴하는 모습은 천상선관이 하강한

듯 ᄒᆞ더라 상이 이슥ᄎᆞ 진퇴를 식이시다가 옥계에 안치시고 손을 잡고 왈 진짓 천하

영웅이로다 ᄒᆞ시고 ᄒᆞᆫ림학ᄉᆞ를 졔슈ᄒᆞ시니 학공이 ᄉᆞ은슉비ᄒᆞ고 나올ᄉᆡ 머리에

어ᄉᆞ화요 몸에ᄂᆞᆫ 쳥ᄉᆞ 관ᄃᆡ를 입고 은안 빅마에 놉히 안져 쳥홍 쌍긔를 압세우고 장

안 ᄃᆡ도 상으로 완완이 나오니 그 위의 거록ᄒᆞᆷ을 뉘 안이 층찬ᄒᆞ리오 바로 황 승샹 ᄃᆡᆨ

으로 드러가니 부인이 더욱 깃거ᄒᆞ시더라 슈일 유과 후에 임 감ᄉᆞ ᄃᆡᆨ에 가니 감ᄉᆡ ᄒᆞᆫ

듯하더라. 상이 이삼차 진퇴를 시키시다가 옥계에 앉히시고 손을 잡고 말하기를

"짐짓 천하 영웅이로다."

하시고 한림학사를 제수하시니 학공이 사은숙배하고 나올새, 머리에 어사화요, 몸에는 청사 관대를 입고 은으로 장식한 백마에 높이 앉아 청홍 쌍개를 앞세우고 장안 대도 상으로 완완히 나오니 그 위의(威儀) 거룩함을 누구 아니 칭찬하리오. 바로 황 승상 댁으로 들어가니 부인이 더욱 기뻐하시더라. 삼일유가(三日遊街) 후에 임 감사 댁에 가니 감사가 한림의

림의 손을 잡고 못닉 깃거ᄒ더라 이러구러 셰월이 오릭미 흐림의 명망이 조야에 진

동ᄒ니 조정에셔 김 한림의 벼살을 도도고져 ᄒ야 탑젼에 쥬달ᄒ온디 상이 즉시 강

쥬 ᄌᄉ를 졔슈ᄒ시거늘 학공이 ᄉ은슉비 ᄒ고 나와 승상게 이 ᄉ유를 엿ᄌ오니 승

상 부부 깃거 왈 네 명망이 장ᄒ 타시로다 ᄒ며 못닉 ᄉ랑ᄒ시더라 잇흔놀 길을 ᄯ나

임쇼로 나려굴 졔 각읍에 위의 찬란홈이 구경 안이 ᄒ 리 업더라 잇ᄯ에 최 부인이 명

월암에 잇셔 주야 십이시로 학공을 싱각ᄒ고 눈물로 셰월을 허송ᄒ더라 일일은 비

몽간에 빅발로인이 쳥려장을 집고 와 이로디 평싱에 그리던 학공이 명일 오시에 이

읍흐로 지닐 거시니 부디 ᄯ를 일치 말나 ᄒ거놀 놀나 ᄭᅢ다르니 남가일몽이라 심중

손을 잡고 못내 기뻐하더라. 이러구러 세월이 오래매 한림의 명망이 조야에 진동하니 조정에서 김 한림의 벼슬을 돋우고자 하여 탑전에 주달한대 상이 즉시 강주 자사를 제수하시거늘 학공이 사은숙배 하고 나와 승상께 이 사유를 여쭈오니 승상 부부가 기뻐하여 말하기를

"네 명망이 장한 탓이로다."

하며 못내 사랑하시더라. 이튿날 길을 떠나 임소로 내려갈 제 각 읍에 위의 찬란하매 구경 아니 할 이 없더라. 이때에 최 부인이 명월암에 있어 주야 십이시(十二時)로 학공을 생각하고 눈물로 세월을 허송하더라.

일일은 비몽사몽간에 백발노인이 청려장을 짚고 와 이르되

"평생에 그리던 공이 명일 오시에 이 앞으로 지날 것이니 부디 때를 잃지 말라."

하거늘 놀라 깨달으니 남가일몽이라. 심중에

에 ᄌ탄 왈 아모리 꿈이 허ᄉ라 흔들 셰상에 이런 허ᄉ 잇스리
오 죽은 ᄌ식이 엇지 이

곳으로 지니리오 ᄒ고 슬푼 마음이 더욱 시로워 잠을 일우지
못 ᄒ고 날 시이기를 기

디리더라 이윽고 법당에 쇠북 소리 나거눌 인ᄒ야 모든 녀승을
불너 말슴ᄒ여 왈 니

가 이 곳에 와 머문 지 장ᄎ 십여 년이라 눌로 죽기를 원ᄒ얏더
니 작야에 몽ᄉ가 여ᄎ

여ᄎ 흔즉 몽즁ᄉ를 밋지는 못 ᄒ깃스나 젼후일이 모다 로인이
지시ᄒ심이라 ᄒ도

자탄하기를

"아무리 꿈이 허사라 한들 세상에 이런 허사 있으리오. 죽은 자식이 어찌 이곳으로 지나리오."

하고 슬픈 마음이 더욱 새로워 잠을 이루지 못 하고 날 새기를 기다리더라. 이윽고 법당에 쇠북 소리 나거늘 인하여 모든 여승을 불러 말씀하시기를

"내가 이곳에 와 머문 지 장차 십여 년이라. 매일 죽기를 원하였더니 지난밤에 몽사가 여차 여차한즉 몽중사(夢中事)를 믿지는 못 하겠으나 전후일이 모두 노인이 지시하심이라. 하도

## 40

명명ᄒ시기로 장ᄎ 나가 보려 ᄒ오니 졔승은 부ᄃ ᄐ평이 지ᄂ
옵소셔 ᄒ고 미덕과

유모와 시비 옥향 츈셤을 다리고 길을 ᄽ나니 제승이 멀니 나
와 견별 왈 부인은 죵ᄌ

를 다리시고 몽ᄉᄃ로 그리로 가옵쇼셔 ᄒ거놀 부인이 광션
ᄉ고의 손을 잡고 왈 이

인싱이 존ᄉ의 혼은ᄃ덕을 입ᄉ와 잔명을 지우금 부지ᄒ엿다
가 허황ᄒ 몽ᄉ로 인

ᄒ야 금일에 리별을 당ᄒ오니 비창ᄒ 마음을 엇지 다 말ᄒ오릿
가 만일 죽지 안코 ᄉ

오면 은혜를 만분지일이라도 갑ᄉ오리다 쳔우신조 ᄒ와 후일
다시 뵈올 눌이 잇ᄉ

올 것이니 너ᄂ 평안이 지ᄂ옵시기를 바라나이다 ᄒ거놀 광션
이 ᄃ 왈 도시 부인의

신슈 쇼관이오니 과히 슬허 마옵시고 부ᄃ 소원을 일우소셔
ᄒ더라 부인이 제승을

명명(明明)하시기로 장차 나가 보려 하오니 제승은 부디 태평히 지내옵소서."

하고 미덕과 유모와 시비 옥향, 춘섬을 데리고 길을 떠나니 제승이 멀리 나와 전별하여 말하기를

"부인은 종자를 데리시고 몽사(夢事)대로 그리로 가옵소서."

하거늘 부인이 광선 사고의 손을 잡고 말하기를

"이 인생이 존사의 홍은(鴻恩) 대덕(大德)을 입사와 잔명을 지금까지 부지하였다가 허황한 몽사로 인하여 금일에 이별을 당하오니 비창한 마음을 어찌 다 말하오리까? 만일 죽지 않고 살면 은혜를 만분지일(萬分之一)이라도 갚으오리다. 천우신조(天佑神助)하여 후일 다시 뵐 날이 있을 것이오니 내내 평안히 지내옵기를 바라나이다."

하거늘 광선이 대답하기를

"아무리 해도 부인의 신수 소관이오니 과히 슬퍼 마옵시고 부디 소원을 이루소서."

하더라. 부인이 제승을

이별ㅎ고 산문에 나와 스면을 살펴보나 동졍이 업더니 이윽고 셔편을 바라보니 혼

쩨 군믹 일기 쇼년을 옹위ㅎ고 오거눌 닉심에 헤오디 미셩혼 녀식과 년쇼혼 시비를

다리고 로변에 안졋는 것이 불가ㅎ다 ㅎ야 슈풀 쇽을 추져 안졋더니 그 힝추가 압 쥬

졈으로 드러가거눌 심즁에 추탄 왈 엇더혼 스롭은 져러케 복록이 조와 져려혼 아달

을 두어 영화를 보는고 ㅎ며 학공을 싱각ㅎ고 슬피 우다가 긔진ㅎ야 안져 조으더니

이별하고 산문에 나와 사면을 살펴보나 동정이 없더니 이윽고 서편을 바라보니 한 떼 군대가 일개 소년을 옹위하고 오거늘 내심에 생각하되

'미성한 여식과 연소한 시비를 데리고 노변에 앉아있는 것이 불가하다.'

하여 수풀 속을 찾아 앉았더니 그 행차가 앞 주점으로 들어가거늘 심중에 자탄하기를

"어떠한 사람은 저렇게 복록이 좋아 저런 아들을 두어 영화를 보는고?"

하며 학공을 생각하고 슬피 울다가 기진하여 앉아 졸더니

비몽스몽간에 학공이 머리에 어스화를 쏫고 몸에 쳥스 관디를 입고 울며 왈 모친은

불효즈 학공을 일습고 십여 년 동안 고쵸를 엇지 지닉신잇고 흐는 쇼리에 놀나 씨다

르니 남가일몽이라 마음에 슬푼 싱각이 더욱 시로워 진정홀 수 업더라 이쩌 학공이

쥬졈에 드러 홀연 곤뢰흐야 셔안을 의지흐여 잠간 조으더니 스몽간에 모친이 와셔

손을 잡고 왈 학공아 학공아 오 셰 소아로셔 어미를 일코 광디 훈 텬디간에 뉘게 가 의

탁흐고 스럿느냐 흐시며 통곡흐는 소리에 놀나 씨다르니 모친은 간 곳 업고 흐르는

니 눈물이오 일신이 썰니며 심신이 비월흐야 혼졀흐야 누엇다가 반향 만에 씨다르

니 셔산에 일모흐고 동령에 달이 도다 밤이 깁도록 견견불미 흐더니 비몽간에 부친

낭쳥이 와 명명히 이르시되 네 모친이 이 쥬졈에 잇거늘 엇지 흐여 찻지 아니 흐나뇨

비몽사몽간에 학공이 머리에 어사화를 꽂고 몸에 청사 관대를 입고 울며 말하기를

"모친은 불초자 학공을 잃으시고 십여 년 동안 고초를 어찌 보내셨나이까?"

하는 소리에 놀라 깨달으니 남가일몽이라. 마음에 슬픈 생각이 더욱 새로워 진정할 수 없더라.

이때 학공이 주점에 들어 홀연 곤뇌하여 서안을 의지하여 잠깐 졸더니 비몽사몽간에 모친이 와서 손을 잡고 말하기를

"학공아, 학공아. 오 세 어린 아이로서 어미를 잃고 광대한 천지간에 누구에게 가 의탁하고 살았느냐?"

하시며 통곡하는 소리에 놀라 깨달으니 모친은 간 곳 없고 흐르는 것은 눈물이오. 일신이 떨리며 심신이 비월하여 혼절하여 누웠다가 반향 만에 깨달으니 서산(西山)에 일모(日暮)하고 동령(東嶺)에 달이도다. 밤이 깊도록 전전불매(輾轉不寐) 하더니 비몽사몽간에 부친 낭청이 와 명명히 이르시되

"네 모친이 이 주점에 있거늘 어찌하여 찾지 아니하느뇨?"

ᄒ시는 소릐에 씨다르니 침상일몽이라 고이히 역여 이러 안져 헤오디 앗가는 모친

이 와셔 이르시고 쏘 지금은 부친이 와셔 이르시니 졍녕 모친이 싱존ᄒ야 이곳에 와

계시도다 너 졍셩이 부족ᄒ야 못 뵈옵나 엇지 ᄒ야 못 뵈옵는가 ᄒ며 놀 시기를 기다

리더니 계명셩이 들니거눌 ᄒ인에게 분부ᄒ되 이 쥬졈에 단이며 엇더ᄒ 부인의 힝

하시는 소리에 깨달으니 침상일몽(枕上一夢)이라. 괴이히 여겨 일어나 앉아 생각하되 아까는 모친이 와서 이르시고 또 지금은 부친이 와서 이르시니 정녕 모친이 생존하여 이곳에 와 계시도다. 내 정성이 부족하여 못 뵈옵나 어찌하여 못 뵈옵는가 하며 날 새기를 기다리더니 계명성(鷄鳴聲)이 들리거늘 하인에게 분부하되

"이 주점에 다니며 어떤 부인의 행차가

## 42

츠가 계신가 탐문ᄒ야 오라 ᄒ니 ᄒ인드리 분부를 듯고 나와
ᄉ면으로 탐문ᄒ더니

이 늘 부인이 슈풀 속에 안졋다가 늘이 져물거눌 쥬졈에 나려
와 ᄒ 집에 쥬인을 졍ᄒ

고 쉬더니 비몽간에 빅발로인이 와 이로디 그디의 쳔금 귀ᄌ를
츠지라 ᄒ얏더니 지

우금 살펴 찻지 안이홈은 무숨 일인고 ᄒ거눌 놀나 씨다르니
남가일몽이라 혼빅이

산란ᄒ여 묵묵히 안졋더니 츠시는 ᄒ인이 ᄌᄉ의 분부를 듯고
두로 츠ᄌ 탐문ᄒ다

가 ᄒ 쥬졈에 이르러 쥬인다려 무러 왈 엇더ᄒ 부인의 힝츠가
업ᄂ뇨 ᄒ디 쥬인이 답

왈 어졔 엇더ᄒ 부인이 ᄉ긔 녀ᄌ를 다리고 닉 집에 와 쥬인ᄒ
여 계시다 ᄒ거눌 ᄒ인

이 쏘 문 왈 그 부인이 어디 계시며 어디로 가시ᄂ지 ᄌ셔히
무러 보라 ᄒ디 쥬인이 드

러가 져의 쳐로 ᄒ야금 무러보고 나와 ᄒ인다려 ᄒᄂ 말이 그
부인은 졍쳐 업시 다니

계신지 탐문하여 오라."

하니 하인들이 분부를 듣고 나와 사면으로 탐문하더니 이날 부인이 수풀 속에 앉았다가 날이 저물거늘 주점에 내려와 한 집에 주인을 정하고 쉬더니 비몽사몽간에 백발노인이 와서 이르되

"그대의 천금 귀자를 찾으라 하였더니 지금까지 살펴 찾지 아니함은 무슨 일인고?"

하거늘 놀라 깨달으니 남가일몽이라. 혼백이 산란하여 묵묵히 앉았더니 처사는 하인이 자사의 분부를 듣고 두루 찾아 탐문하다가 한 주점에 이르러 주인더러 물어 말하기를

"어떤 부인의 행차가 없느뇨?"

한대 주인이 답하기를

"어제 어떠한 부인이 여자 넷을 데리고 내 집에 와 주인을 정하여 계시다."

하거늘 하인이 또 묻기를

"그 부인이 어디 계시며 어디로 가시는지 자세히 물어 보라."

한대 주인이 들어가 저의 처로 하여금 물어보고 나와 하인에게 하는 말이

"그 부인은 정처 없이 다니시는

시는 부인이라 ᄒᆞ거늘 ᄒᆞ인이 도라와 ᄌᆞᄉᆞ에게 엿ᄌᆞ오디 여ᄎᆞ
여ᄎᆞ ᄒᆞ신 부인이 계
시다 ᄒᆞ거늘 ᄌᆞᄉᆞ 이 말을 듯고 마음에 더욱 시로와 다시 분부
ᄒᆞ되 그 곳에 가셔 그 부
인을 뫼시고 온 ᄒᆞ인이 잇거던 ᄒᆞᄂᆞ 불너오라 ᄒᆞ신디 ᄒᆞ인이
가셔 이 ᄉᆞ연을 고ᄒᆞᆫ디
부인이 의아ᄒᆞ야 왈 힝ᄎᆞ에셔 나의 ᄒᆞ인을 부르시니 이 무숨
일인고 ᄒᆞ며 유예미결

부인이라."

하거늘 하인이 돌아와 자사에게 여쭈되 여차여차하신 부인이 계시다 하거늘 자사가 이 말을 듣고 마음에 더욱 새로워 다시 분부하되

"그 곳에 가서 그 부인을 모시고 온 하인이 있거든 하나 불러 오라."

하신대 하인이 가서 이 사연을 고한대 부인이 의아하여 말하기를

"행차에서 나의 하인을 부르시니 이 무슨 일인고?"

하며 유예미결(猶豫未決)

## 43

ᄒ다가 츈셤을 보너니라 ᄒ인이 츈셤을 다리고 와셔 ᄌᄉ에게
뵈온디 ᄌᄉ 문을 열

고 본즉 츈셤이라 ᄌᄉ 밋친드시 달녀들어 츈셤에 손을 잡고
울며 왈 쳘리타향봉고

인[27]이라 젼일 보든 ᄉ롬이로다 이거시 어인 일이냐 살아 싱젼
상봉인냐 죽어 ᄉ후 상

봉이냐 아모리 싱각ᄒ야도 진가를 알 슈 업도다 ᄒ며 졍신을
슈습ᄒ야 다시 곡졀을

물은디 츈셤이 쏘혼 졍신을 진졍ᄒ야 젼후 슈말을 ᄌ셔히 고혼
디 ᄌ시 이 말을 듯고

여취여광 ᄒ야 츈셤을 다리고 부인 쳐소로 나굴시 발이 쌍에
붓지 아니ᄒᄂ지라 잇

씨 부인이 츈셤을 보너고 오리도록 안이 오니 의렴[28]이 만단혼
지음에 창 밧게 현화셩

이 들니며 요란ᄒ거눌 너다보니 츈셤이 젼지도지ᄒ야 밧비 드
러오며 부인을 불너

하다가 춘섬을 보내니라. 하인이 춘섬을 데리고 와서 자사에게 보인대 자사가 문을 열고 본즉 춘섬이라. 자사가 미친 듯이 달려들어 춘섬의 손을 잡고 울며 말하기를

"천리 먼 타향에서 친구를 만난 것이라. 전일에 보던 사람이로다. 이것이 어인 일이냐? 살아생전 상봉이냐? 죽어 사후 상봉이냐? 아무리 생각하여도 진가(眞假)를 알 수 없도다."

하며 정신을 수습하여 다시 곡절을 물으니 춘섬이 또한 정신을 진정하여 전후수말을 자세히 고한대 자사가 이 말을 듣고 여취여광하여 춘섬을 데리고 부인 처소로 나갈새 발이 땅에 붙지 아니하는지라.

이때 부인이 춘섬을 보내고 오래도록 아니 오니 온갖 염려로 가득할 즈음에 창 밖에 환호성이 들리며 요란하거늘 내다보니 춘섬이 전지도지(顚之倒之)하여 바삐 들어오며 부인을 불러 말하기를

왈 부인님 부인님 학공즈님 오시니이다 ᄒ거놀 부인이 학공이
란 말에 놀니여 니다

르니 즈시 벌셔 모친 전에 복지 통곡ᄒ며 불조즈 학공이 예
왔ᄂ이다 ᄒ니 부인이 즈

스의 손을 잡고 흉격이 막히여 아모 말도 못ᄒ다가 인ᄒ야 혼
졀ᄒ니 자스 디경ᄒ야

지셩으로 구호ᄒ야 반향만에 겨우 정신을 추려 즈스의 손을
잡고 통곡ᄒ시며 꿈이

냐 싱시이냐 네가 춤말 학공이냐 죽어 와셔 쇽이나냐 넉시 와
셔 속이나냐 이게 춤말

"부인님, 부인님! 학공자님 오시나이다."

하거늘 부인이 학공이란 말에 놀라 내달으니 자사가 벌써 모친 전(前)에 복지(伏地) 통곡하며

"불초자 학공이 여기 왔나이다."

하니 부인이 자사의 손을 잡고 마음속이 막히어 아무 말도 못하다가 인하여 혼절하니 자사가 대경하여 지성으로 구호하여 반나절 만에 겨우 정신을 차려 자사의 손을 잡고 통곡하시며

"꿈이냐, 생시냐? 네가 참말 학공이냐? 죽어 와서 속이느냐? 넋이 와서 속이느냐? 이게 참말

## 44

웬 일이냐 오 셰 소아가 어미를 일코 엇지 술기를 바라리오
쯧박게 츈셤의 말을 드른

즉 모월 모일에 그 놈들 손에 졍령 죽은 줄 아랏더니 이졔 스랏
스니 춤말이냐 헛말이

냐 그 쩍 너를 이별혼 후 쳡쳡 깁흔 산즁에셔 너 ㅎ나를 싱각ㅎ
고 십여 년을 허다 고초

격글 젹에 구비구비 썩든 간장과 셜운 마음을 엇지 다 칭량ㅎ
랴 명쳔이 도으스 운슈

암 도스가 지시ㅎ신 덕으로 모지 오늘 상봉ㅎ니 이졔 죽은들
무슴 한이 잇스리오 ㅎ

시며 깃부물 익이지 못ㅎ스 눈물이 비 오듯 ㅎ시며 학공의 등
도 어루만지시고 가슴

도 만져 보시며 슬피 통곡ㅎ시거눌 미덕이 쏘혼 즈스의 손을
잡고 왈 동싱 미덕을 모

르시니잇가 ㅎ며 슬피 우니 즈시 미덕의 손을 잡고 실셩 쳬읍
ㅎ시며 미덕아 우지 마

라 우리 남미가 눈물을 거두지 안이ㅎ면 모친이 더욱 슬워ㅎ실
터이니 긋치라 ㅎ니

웬 일이냐? 오 세 어린 아이가 어미를 잃고 어찌 살기를 바라리
오? 뜻밖에 춘섬의 말을 들은즉 모월 모일에 그 놈들 손에 정녕
죽은 줄 알았더니 이제 살았으니 참말이냐? 헛말이냐? 그때 너
를 이별한 후 첩첩 깊은 산중에서 너 하나를 생각하고, 십여
년을 허다한 고초 겪을 적에 굽이굽이 썩던 간장과 서러운 마
음을 어찌 다 칭량하랴? 명천이 도우시어 운수암 도사가 지시
하신 덕으로 모자(母子) 오늘 상봉하니 이제 죽은들 무슨 한이
있으리오?"

하시며 기쁨을 이기지 못하시어 눈물이 비 오듯 하시며 학공
의 등도 어루만지시고 가슴도 만져 보시며 슬피 통곡하시거늘
미덕이 또한 자사의 손을 잡고 말하기를

"동생 미덕을 모르시나이까?"

하며 슬피 우니 자사가 미덕의 손을 잡고 실성 체읍하시며

"미덕아, 울지 마라. 우리 남매가 눈물을 거두지 아니하면
모친이 더욱 슬퍼하실 터이니 그치라."

하니

미덕이 눈물을 거두거놀 즈스 쏘 유모와 옥향의 손을 잡고 치
ᄒᄒ여 왈 뉴낭과 옥낭

의 정셩으로 모친을 보즁ᄒ옵셔 오늘놀 모즈 상봉과 남미 친견
ᄒ니 그 은혜를 싱각

ᄒ면 갑흘 바를 아지 못ᄒ노라 ᄒ며 누슈 죵횡ᄒ시거놀 유모와
옥낭이 쏘ᄒ 울며 고

왈 부인과 즈스의 후ᄒ신 복이옵지 엇지 소녀 등의 덕이라 하
오릿가 즈시 모친게 엿

미덕이 눈물을 거두거늘 자사가 또 유모와 옥향의 손을 잡고 치하하여 말하기를

"유모와 옥낭의 정성으로 모친을 보중하시어 오늘날 모자 상봉과 남매 친견(親見)하니 그 은혜를 생각하면 갚을 바를 알지 못하겠노라."

하며 눈물이 종횡하시거늘 유모와 옥낭이 또한 울며 고하기를

"부인과 자사의 후하신 복이옵지 어찌 소녀 등의 덕이라 하오리까?"

자사가 모친께

## 45

즈오되 그 밤에 디환을 엇지 피흐시며 어디 가셔 십여 년이는
류흐야 계시닛가 흔

디 부인 왈 집을 쩌나 운슈암 도스의 덕으로 영월암에 가 광셩
이를 맞나 십여 년을

의탁흔 말이며 쏘 도스 현몽흐야 이르든 일이며 젼후 지닌 일
을 낫낫치 말슴흐시더

니 쏘 무러 왈 츈셤의 말을 드른즉 네가 죽은 것이 졍령흔디
엇지흐야 스랏느냐 흐신

디 즈스 엿즈오디 소즈가 졍령 죽기를 면치 못흐야습더니 별션
이 쥬션흐야 제가 디

신 죽고 술녀 니인 말슴과 황승상에게 슈양즈가 되야 님 감스
의 스외 된 후에 과거흐

던 스연을 낫낫치 고흐니 부인이 별션의 은혜를 못닉 칭찬흐더
라 즉시 본관에게 분

부흐야 모친 힝구를 쥰비흐야 뫼시고 강쥬로 가니라 도님흔
후에 치민흐기를 발키

여쭈되

"그 밤에 대환을 어찌 피하셨으며 어디 가서 십여 년이나 유(留)하여 계셨나이까?"

한대 부인이 말하기를 집을 떠나 운수암 도사의 덕으로 영월암에 가서 광선을 만나 십여 년을 의탁한 말이며 또 도사가 현몽하여 이르던 일이며 전후 지낸 일을 낱낱이 말씀하시더니 또 물어 말하기를

"춘섬의 말을 들은즉 네가 죽은 것이 정녕한데 어찌하여 살았느냐?"

하신대 자사가 여쭈되

"소자가 정녕 죽기를 면치 못하였더니 별선이가 주선하여 자기가 대신 죽고 저를 살려내었나이다."

이 말씀과 황 승상에게 수양자가 되어 임 감사의 사위 된 후에 과거하던 사연을 낱낱이 고하니 부인이 별선의 은혜를 못내 칭찬하더라. 자사가 본관에게 분부하여 모친 행구를 준비하여 모시고 강주로 가니라. 도임한 후에 치민하기를 밝히

ᄒᆞ민 송덕이 강주 경닉에 진동ᄒᆞ더라 자ᄉᆞ 일구월심[29)에 원슈
갑기를 싱각ᄒᆞ더니 일

일은 ᄒᆞ인다려 문 왈 이 곳에셔 계도셤이 얼마나 되나뇨 ᄒᆞ신
디 ᄒᆞ인이 고 왈 소인 등

은 자셔히 모르나이다 ᄒᆞ거눌 자ᄉᆞ 왈 닉 드르니 그 셤이 경긔
졀승[30) ᄒᆞ다 ᄒᆞ니 ᄒᆞᆫ 번 구

경코자 ᄒᆞ노라 ᄒᆞ시고 각 읍에다 관자를 ᄒᆞ되 군마와 딕션을
만히 준비ᄒᆞ야 모일 딕

령ᄒᆞ라 ᄒᆞ시고 그 셤으로 션문 노코 드러굴 제 관속이 모다
고히 역이더라 자ᄉᆞ 드러

하매 송덕(頌德)이 강주 경내에 진동하더라.

자사가 일구월심(日久月深)에 원수 갚기를 생각하더니 일일은 하인더러 묻기를

"이 곳에서 계도섬이 얼마나 되느뇨?"

하신대 하인이 고하기를

"소인 등은 자세히 모르나이다."

하거늘 자사가 말하기를

"내 들으니 그 섬이 경개절승(景概絶勝)하다 하니 한 번 구경코자 하노라."

하시고 각 읍에다 관자를 하되

**군마와 대선을 많이 준비하여 모일(某日)에 대령하라.**

하시고 그 섬으로 선문 놓고 들어갈 제 관속(官屬)이 모두 괴히 여기더라. 자사가 들어

## 46

가며 좌우 산쳔을 바라보니 산도 예 보던 산이오 물도 예 보던
물이오 슈목도 예 보던
슈목이라 녯 일을 싱각ᄒ니 비창ᄒ기 칭량 업셔 일희일비ᄒ며
드러가시더라 자시
감싴[31]을 불너 왈 닉 이 셤을 구경코자 ᄒ야 와 보니 과연 이
셤이 졀승지지라 ᄯᅩᄒ 폐치
못홀 셤이로다 그러ᄒᄂ 인총이 젹으니 왼갓 구실과 젼셰을
탕감ᄒ야 빅셩을 슬게
ᄒ기로 나라에 장계ᄒ야 게시니 그리들 알나 ᄒ신디 그 놈들이
분부 듯고 틱산 ᄀᆺᄒ
신 덕틱으로 안졉ᄒ게[32] ᄒ여 주옵소셔 ᄒ거눌 자ᄉ 왈 너의ᄂ
ᄒᄂ도 ᄯᅥ나지 말고 안
졉ᄒ라 ᄒ고 물가에 나와 빅를 타니 그 놈들이 손을 모와 츅슈
ᄒ더라 자ᄉ 원슈를 갑
흘 계교를 으드시니 엇지 즐겁지 안이ᄒ리오 육지에 다다르니
군마와 디션을 다

가며 좌우 산천을 바라보니 산도 예 보던 산이오. 물도 예 보던 물이오. 수목도 예 보던 수목이라. 옛 일을 생각하니 비창하기 칭량 없어 일희일비(一喜一悲)하며 들어가시더라. 자사가 감색을 불러 말하기를

"내 이 섬을 구경코자 하여 와서 보니 과연 이 섬이 절승지(絕勝地)라. 또한 폐치 못할 섬이로다. 그러하나 사람이 적으니 온갖 구실과 전세를 탕감하여 백성을 살게 하기로 나라에 장계하였으니 그리들 알라."

하신대 그 놈들이 분부 듣고

"태산 같으신 덕택으로 안접(安接)하게 하여 주옵소서."

하거늘 자사가 말하기를

"너희는 하나도 떠나지 말고 안접하라."

하고 물가에 나와 배를 타니 그 놈들이 손을 모아 축수하더라. 자사가 원수를 갚을 계교를 얻으시니 어찌 즐겁지 아니하리오. 육지에 다다르니 군마와 대선을 다

등딕ᄒ얏거늘 자ᄉ 깃거 즉시 이 뜻으로 쳔자게 주문ᄒ고 황
승상과 님 감ᄉ에게 셔
간ᄒ야 보니고 도로 회졍ᄒ야 셤으로 드러가니 이쩌 그 놈들이
자ᄉ의 말을 고지듯
고 양양자득 ᄒ야 자ᄉ 다시 드러오신다ᄂ 말을 듯고 더욱 깃
거ᄒ야 강두에 나와 마
지며 질겨ᄒ더라 자시 드러ᄀᆯ 제 군졸다려 분부 왈 그 셤 즁에
드러가 나의 령 ᄂᄂ 디
로 시ᄒᆡᆼᄒ라 만일 위령ᄌ 잇스면 션춤후계 ᄒ리라 약속을 졍ᄒ
후에 드러가 좌긔를

등대하였거늘 자사가 기뻐하여 즉시 이 뜻으로 천자께 주문하고 황 승상과 임 감사에게 서간하여 보내고 도로 회정하여 섬으로 들어가니 이때 그 놈들이 자사의 말을 곧이듣고 양양자득하여 자사가 다시 들어오신다는 말을 듣고 더욱 기꺼하여 강두에 나와 맞으며 즐거워하더라. 자사가 들어갈 제 군졸에게 분부하여 말하기를

"그 섬 중에 들어가 나의 명령 나는 대로 시행하라. 만일 명령을 어기는 자 있으면 선참후계하리라."

약속을 정한 후에 들어가 좌기(坐起)를

놉히 추리고 그 놈들을 남녀로소 업시 몰슈히 불너드려 분부ᄒ야 왈 너가 이 셤을 포

실ᄒ고져 ᄒ야 이 뜻으로 나라에 주문ᄒ얏더니 교지에 다시 드러가 빅셩을 안무ᄒ

라 ᄒ야 계시기로 너 다시 드러왓스나 별노이 분부홀 말이 잇스니 너의ᄂ 가동 쥬졸<sup>33)</sup>

업시 ᄒ나도 ᄲᅡ지지 말고 일제히 즉시 등디ᄒ라 ᄒ신디 이 놈들이 모다 깃거ᄒ야 남

녀로소 업시 모도다 모혓ᄂ지라 즈ᄉ 장디에 놉히 올나 방포 일셩에 빅긔를 두르니

억만 군병이 일시에 졉응ᄒ고 둘너 싸ᄂ지라 긔치창검<sup>34)</sup>은 일월을 희롱ᄒ고 고각<sup>35)</sup> 홈

셩은 천지 진동ᄒ더라 즈ᄉ 그계야 완완이 나셔며 모인 즁에 분부ᄒ야 왈 이 동니 빅

셩이 이 즁에 잇거든 좌편으로 안지라 ᄒ시고 ᄯᅩ 별션의 부친 니외도 좌편으로 가라

높이 차리고 그 놈들을 남녀노소 없이 모두 다 불러들여 분부하여 말하기를

"내가 이 섬을 넉넉하게 하고자 하여 이 뜻을 나라에 주문하였더니 교지에서 다시 들어가 백성을 안무하라 하시기로 내가 다시 들어왔으나 특별히 분부할 말이 있으니 너희는 가동(家童)이나 주졸(走卒) 할 것 없이 하나도 빠지지 말고 일제히 즉시 등대하라."

하신대 이놈들이 모두 기뻐하여 남녀노소 없이 모두 다 모였는지라.

자사가 장대에 높이 올라 방포 일성에 백기를 두르니 억만 군병이 일시에 접대하고 둘러싸는지라. 기치창검(旗幟槍劍)은 일월을 희롱하고 고각(鼓角) 함성은 천지를 진동하더라.

자사가 그제야 완완히 나서며 모인 중에 분부하여 말하기를

"이 동네 백성이 이 중에 있으면 왼쪽으로 앉으라."

하시고 또 별선의 부친 내외도 왼쪽으로 가라고

령을 나리고 그 남은 슈를 살펴보니 부지기슈라 자스 티굴일셩에 호각ᄒ고 살피ᄂ

니 그리 알ᄂ ᄒ시고 천금을 주거늘 동지 금을 밧고 감격ᄒ나 다만 쓸을 싱각ᄒ고 눈

물을 흘니며 부복 스례ᄒ고 훈미ᄂ 자식을 죽이몰 이달나ᄒᄂ 감이 말을 못ᄒ더라

ᄶᆞ 물 직힌 강원을 불너 왈 너ᄂ 나를 알소냐 나ᄂ 아비 부음을 만나 가노라 ᄒ던 계집

스롬이로라 너곳 안이면 니 엇지 스랏스리오 ᄒ시며 천금을 상스ᄒ고 칭찬ᄒ시니

명령을 내리고 그 남은 수를 살펴보니 부지기수라. 자사가 대 갈일성(大喝一聲)에 호각하고 살피나니 그리 알라하시고 천금 을 주거늘 동지가 금을 받고 감격하나 다만 딸을 생각하고 눈 물을 흘리며 엎드려 사례하고 할미는 자식을 죽였음을 애달아 하나 감히 말을 못하더라.

또 물 지킨 강원을 불러 말하기를

"너는 나를 알겠느냐? 나는 아비 부음을 만나 가노라 하며 여인 행세했던 사람이라. 네가 아니었으면 내가 어찌 살았으리 오?"

하시며 천금을 상으로 내리시고 칭찬하시니

강원이 정신업시 아모란 줄 모르고 감이 말을 알외지 못ᄒ더라 일셩 포향에 죵놈들

을 혼 칼에 다 뭇즈르고져 ᄒ야 호령홀 졔 이 놈 강도 ᄀᆞᆺ흔 도젹놈들아 나를 아는다 모

르는다 젼일에 너의 놈들이 죽이려 ᄒ든 너의 샹젼 김학공이 여기 왓스니 혼 번 죽여

보라 ᄒ니 그놈들이 천만의외에 이 소리를 드르미 엇지 천지가 아득지 안이ᄒ리오

함졍에 든 범이오 그물에 걸닌 고기라 엇지 도망키를 바라리오 속졀업시 학공의 손

에 일조에 흄몰ᄒ니라 이쩌 빅셩을 안무혼 후 자ᄉ 별션을 싱각ᄒ고 마음이 비창ᄒ

야 별션의 방을 차자 가 보니 젹막혼 빈 방 안에 진익는 의구ᄒᆞᆫ 죵젹은 묘연혼지라

자ᄉ 눈물을 흘니며 왈 이 방에 잇던 ᄉ롭은 어디를 가고 젹막 공방에 무인젹ᄒ고 ᄒ

시며 들어가 보니 그쩌에 눈물 ᄲᅵ린 흔젹이 완연ᄒ거눌 자ᄉ의 비감혼 마음이야 엇

강원이 정신없이 아무런 줄 모르고 감히 말을 아뢰지 못하더라. 일성(一聲) 포향(砲響)에 종놈들을 한 칼에 다 무찌르고자 하여 호령할 제

"이 놈 강도 같은 도적놈들아! 나를 아느냐, 모르느냐? 전일에 너희 놈들이 죽이려 하던 너의 상전 김학공이 여기 왔으니 한 번 죽여 보라."

하니 그놈들이 천만의외에 이 소리를 들으니 어찌 천지가 아득하지 아니하리오. 함정에 든 범이요, 그물에 걸린 고기라. 어찌 도망하기를 바라리오. 속절없이 학공의 손에 하루아침에 몰사하니라.

이때 백성을 안무한 후 자사가 별선을 생각하고 마음이 비창하여 별선의 방을 찾아 가 보니 적막한 빈 방 안에 티끌과 먼지는 의구하나 종적은 묘연한지라. 자사가 눈물을 흘리며 말하기를

"이 방에 있던 사람은 어디를 가고 적막한 빈방에 인적이 없는고?"

하시며 들어가 보니 그때에 눈물 뿌린 흔적이 완연하거늘 자사의 비감한 마음이야

지 다 측량ᄒ리오 이쩌 군졸과 빅셩을 다 방송ᄒ여 왈 너의들
이 놀노 ᄒ야곰 슈천 리
타향에 슈고를 무슈히 ᄒ엿스니 죠히 도라가라 ᄒ고 상급을
일쳬로 상스ᄒ시니 자
스게 만만층송ᄒ고 쩌나 가니라 이쩌 자스 별 낭자를 위ᄒ야
폭포슈 흐르는 물에 나
아가 졔물을 갓쵸고 축문을 믿드러 가지고 졔젼 압헤 나아가
방셩딕곡 ᄒ니 쳔지가

어찌 다 측량하리오. 이때 군졸과 백성을 다 풀어주며 말하기를

"너희들이 나로 인하여 수천 리 타향에서 수고를 무수히 하였으니 좋이 돌아가라."

하고 상급을 일체로 상사하시니 자사께 만만칭송하고 떠나가니라. 이때 자사가 별 낭자를 위하여 폭포수 흐르는 물에 나아가 제물을 갖추고 축문을 만들어 가지고 제전 앞에 나아가 방성대곡하며

를 부르지져 앙천 탄식 왈 슬푸다 병 낭즈에게 일장 지성을 표하노라 비록 슈즁고혼

이라도 엇지 애고지심36)을 모로리오 빙설 갓흔 영혼은 흠향하옵소서 그디 류원으로

부모의 원슈를 갑핫스니 다행은 하거니와 그대 원혼은 엇지 하야 풀어 줄고 물속을

나려다보니 묘창해지일속37)이라 다시 생각하여도 별 낭자가 나를 위하야 슈즁고혼

이 되얏스니 천만 년이 지내간들 내 엇지 이즈리오 하며 즉시 열읍에 관자하야 황금

수만 량과 백미 천 석을 수운하야다가 슈륙재를 작만하야 여러 번을 지내여 혹 별

낭자의 혼을 볼가 하고 지성으로 지내되 동정이 업는지라 정성이 부족하야 긔망이

업는가 하야 나라에 장계하고 호조 돈 일만 량과 백미 삼천 석을 취대하야다가 주야

부르짖어 하늘을 우러러 탄식하기를

"슬프다! 별 낭자에게 일장 지성을 표하노라. 비록 수중고혼(水中孤魂)이라도 어찌 애고지심(哀苦之心)을 모르리오. 빙설 같은 영혼은 흠향하옵소서. 그대의 원으로 부모의 원수를 갚았으니 다행은 하거니와 그대 원혼은 어찌 하여 풀어 줄고? 물속을 내려다보니 묘창해지일속(渺蒼海之一粟)이라. 다시 생각해도 별 낭자가 나를 위하여 수중고혼이 되었으니 천만 년이 지나간들 내 어찌 잊으리오."

하며 즉시 열읍에 공문을 보내어 황금 수만 양과 백미 천 석을 수운(輸運)하여 수륙재를 장만하고 여러 번 제를 지내어 혹 별 낭자의 혼을 볼까 하고 지성으로 지내되 동정이 없는지라. 정성이 부족하여 가망이 없는가 하여 나라에 장계하고 호조 돈 일만 양과 백미 삼천 석을 취대하여다가 주야로

로 제사할 제 자사 전조단발하고 신영백모에 지성으로 룡재를 지낸 후에 쏘 제문 지

여 가지고 폭포수 물가에 가 제사를 할 제 제문에 왈 슬푸다 별 낭자의 수중고혼이라도

감동하야 살피소서 김학공이 조실부모하고 류리개걸하다가 천만의외에 낭자를

만나 정이 태산 갓삽더니 신정이 미흡하야 애달을손 이별이오 조물이 시긔하고 귀

신이 자회하야 미미한 연분이 일조에 영별하얏스니 엇지 안이 슬풀손가 인간의 이

제사할 제, 자사가 전조단발하고 신영백모에 지성으로 용제(龍 祭)를 지낸 후에 또 제문을 지어 폭포수 물가에 가 제사를 할 제 제문에 이르기를

슬프다! 별 낭자의 수중고혼이라도 감동하여 살피소서. 김학 공이 조실부모(早失父母)하고 유리개걸(流離丐乞)하다가 천 만의외에 낭자를 만나 정이 태산 같더니 신정이 미흡하여 애달픈 것은 이별이오. 조물이 시기하고 귀신이 작희하여 미미한 연분 이 하루아침에 영별하였으니 어찌 아니 슬프겠는가? 인간의

별이남대 이러ᄒ면 이별하 리 뉘 잇스리오 석상에 오동 심어 싹이 나거던 오려는가

병풍에 그린 황계 목을 길게 빼여 두 날개를 쌍쌍 치고 사경 일점에 날 새라고 꼭기요

울거던 오려시오 창해가 륙지 되여 밧 갈거든 오려는가 래산이 바다 되여 배 가거던

오려는가 명월이 운무에 버서 동창에 빗취일 때 오려는가 백사가 변하야 황금이 되

거든 오려는가 오두백 하고 마두각38) 하던 오려는가 고목에 꼿 피거던 오려는가 금

강산 상상봉에 물 밀어 배 쓰거던 오려시오 어이하야 못 오든고 하운이 다긔봉39) 하니

산이 놉하 못 오든가 춘수만사택40) 하니 물이 만어 못 오던가 하처추풍지41) 하니 바람이

이별이 이러하면 이별할 이 뉘 있으리오. 돌 위에 오동 심어
싹이 나면 오려는가?

　병풍에 그린 황계(黃鷄)가 목을 길게 빼어 두 날개를 땅땅
치고 사경(四更) 일점에 날 새라고 꼬끼오 울면 오려하시오?
창해가 육지 되어 밭 갈게 되면 오려는가? 내산(內山)이 바다
되어 배 가게 되면 오려는가? 명월이 운무(雲霧)에서 벗어나
동창에 비칠 때 오려는가? 백사(白沙)가 변하여 황금이 되면
오려는가? 까마귀 머리가 희어지고 말 머리에 뿔이 나면 오려
는가? 고목에 꽃 피게 되면 오려는가? 금강산 상상봉에 물 밀
어 배 뜨게 되면 오려 하시오? 어이하여 못 오던고? 하운다기
봉(夏雲多奇峰) 하니 산이 높아 못 오는가? 춘수만사택(春水
滿四澤) 하니 물이 많아 못 오던가? 하처추풍지(何處秋風至)
하니 바람이

부러 못 오든가 독조한강설[42] 하니 눈이 싸혀 못 오든가 정객 관산노긔즁[43] 하니 길이 멀

어 못 오든가 귀와동창에 홀연 취하니 술이 취하야 못 오든가 동령에 무월망하니 달

이 업서 못 오든가 즁천에 무일색하니 해가 업서 못 오든가 서출양관무고인[44] 하니 벗

시 업서 못 오든가 어이 그리 못 오시오 천지신명은 구버 살펴소서 정생 차생 무삼 죄

로 우리 두리 연분 되얏다가 이갓치 일촌간장이 춘설갓치 실어지니 영혼은 구버 이

정성을 살피소서 하엿더라 여러 날만에 지성으로 발원하얏더니 일일은 홀연 서다

불어 못 오는가? 독조한강설(獨釣寒江雪) 하니 눈이 쌓여 못
오는가? 정객관산노기중(政客關山路幾重) 하니 길이 멀어 못
오는가? 기화(奇花) 동창(東窓)에 홀연 취하니 술이 취하여
못 오는가? 동령(東嶺)에 무월망(無月望)하니 달이 없어 못
오는가? 중천(中天)에 무일색(無日色)하니 해가 없어 못 오
는가? 서출양관무고인(西出陽關無故人) 하니 벗이 없어 못
오는가? 어이 그리 못 오시오? 천지신명은 굽어 살피소서. 전
생, 차생 무슨 죄로 우리 들이 연분 되었다가 이같이 일촌간장
이 춘설같이 스러지니 영혼은 이 정성을 굽어 살피소서.

하였더라. 여러 날 만에 지성으로 발원하였더니 일일은 홀
연 서쪽으로부터

## 51

히로서 데구름이 이러나며 운무 자옥하며 비가 오더니 난대업
는 로장이 나려와 이

로대 정성이 지극하면 지성이 감천이라 하엿스니 정성을 지극
히 드리면 별 낭자를

보려니와 그러치 아니 하면 백 년이라도 보기 어려울 것이니
부대 정성을 더 드려 보

라 하거날 자사 문 왈 농장은 뉘라 하시며 어대 게시닛가 한대
노장 답 왈 나는 수중 중

직힌 신령이어니와 전일에 별 낭자가 마음이 착하고 행실이
긔특하기로 옥황상제

게서 월궁으로 정하야 게시니 보기가 졸연치 아니 하니 보려
하옵거던 지성을 드리

라 하고 간 대 업거날 자사 낙루 왈 별 낭자 죽은 지가 수년이
나 되니 불상한 고혼이 뉘

게 가 의지하얏는고 하며 무수히 통곡하니 산천이 슬어하고
초목금수가 다 비감하

는 듯하더라 자사 정신을 수습하고 안젓더니 홀연 물결이 창낭
하며 안개가 자옥하

떼구름이 일어나며 운무 자욱하며 비가 오더니, 난데없는 노장이 내려와 이르되 정성이 지극하면 지성이면 감천이라 하였으니 정성을 지극히 드리면 별 낭자를 보려니와 그렇지 아니하면 백 년이라도 보기 어려울 것이니 부디 정성을 더 드려 보라 하거늘 자사가 묻기를

"노장은 누구시며 어디 계시나이까?"

한대 노장이 답하기를

"나는 수중에서 지키는 신령이거니와 전일에 별 낭자가 마음이 착하고 행실이 기특하기로 옥황상제께서 월궁으로 정하여 계시게 하니 보기가 쉽지 아니 하니, 보려 하거든 지성을 드리라."

하고 간 데 없거늘 자사가 눈물을 흘리며 말하기를

"별 낭자 죽은 지가 수년이나 되니 불쌍한 고혼이 뉘게 가 의지하였는고?"

하며 무수히 통곡하니 산천이 슬퍼하고 초목금수가 다 비감(悲感)하는 듯하더라. 자사가 정신을 수습하고 앉았더니 홀연 물결이 찰랑하며 안개가 자욱하고

고 향내가 진동하더니 문득 별 낭자 완연이 나왔거날 일변 놀

나올 중 일변 반가워 보

니 단정한 얼골과 요요한 태도는 예와 갓한지라 고혼 빗치 고

대 죽은 사람과 갓거날

자사 물에 쒸여 들어 별 낭자의 허리를 안고 통곡 왈 불상할사

별 낭자야 그디가 나를

위하야 속절업시 죽엇스니 가련하고 앗갑도다 죽은 신체라도

만나 보기를 꿈에나

향내가 진동하더니 문득 별 낭자가 완연히 나왔거늘 일변 놀라고 일변 반가워 보니 단정한 얼굴과 요요한 태도는 예와 같은지라. 고은 빛이 이제 막 죽은 사람과 같거늘 자사가 물에 뛰어들어 별 낭자의 허리를 안고 통곡하기를

"불쌍하구나, 별 낭자야! 그대가 나를 위하여 속절없이 죽었으니 가련하고 아깝도다. 죽은 신체라도 만나 보기를 꿈에나

생각하엿스리오 얼골을 한 대 대고 왈 화조월석에 낭자를 잇지 못하야 수심으로 세

월을 보낼 제 일조 낭자 이별하니 소식 몰나 수심이오 한 번 가고 안이 오니 기다리기

수심이오 세상만사 덧웁도다 일월무정 절노 가니 해 가는 것 수심이오 맥두양류 푸

르럿다 회고부서45) 슈심이오 옥창앵도도 불것스니 볼 적마다 수심이오 여름 되고 가을

가니 황국단풍 수심이요 추야 의상 다듬을 제 명환으로 수심이오 가을 가고 겨을 오

니 백설분분 수심이오 세우사창 적막한대 비오는 소래 수심이오 남문 열고 바라 치

니 그 밤 새기 수심이오 심요 잇서 잠을 들면 꿈도 정령 수심이오 상사하는 이 내 임을

잠간 만나 수심이오 옥슈를 넌짓 잡고 장탄 일성 수심이오 만단정회 다 못하야 깨다

생각하였으리오."

얼굴을 한 데 대고 말하기를

"화조월석(花朝月夕)에 낭자를 잊지 못하여 수심(愁心)으로
세월을 보낼 제 하루아침에 낭자와 이별하니 소식 몰라 수심이
오. 한 번 가고 아니 오니 기다리기 수심이오. 세상만사 덧없도
다. 일월무정(日月無情) 절로 가니 해 가는 것 수심이오. 맥두
양류(陌頭楊柳) 푸르니 회교부서(悔敎夫婿) 수심이오. 옥창
앵두도 붉으니 볼 적마다 수심이오. 여름 되고 가을 가니 황국
단풍 수심이오. 추야(秋夜) 의상 다듬을 제 명환(名宦)으로 수
심이오. 가을 가고 겨울 오니 백설분분(白雪紛紛) 수심이오.
세우사창(細雨紗窓) 적막한데 비오는 소리 수심이오. 남문 열
고 바라 치니 그 밤새기 수심이오. 심려 있어 잠을 들면 꿈도
정녕 수심이오. 상사(相思)하는 이 내 임을 잠깐 만나 수심이
오. 옥수를 넌짓 잡고 장탄(長歎) 일성(一聲) 수심이오. 만단정
회(萬端情懷) 다 못하여 깨달으니

르니 수심이오 꿈을 생시로 삼고지고 황홀는칙 수심이오 수심 수심 깁흔 슈심 한 데

모와 수심이오 살고지고 수심이라 그대 형용 눈에 암암 그대 소래 귀에 쟁쟁 하엿더

니 이제 서로 만나 보니 천상 연분이 깁헛도다 이제 죽어도 한이 업도다 앗가 룡왕이

이르시되 지성을 다하면 만나 보리라 하시더니 과연 허사가 아니로다 하며 쏘 만단

정회를 일으며 옷고름을 글너 가삼을 만저 보니 온긔가 잇서 정신이 잇는 듯한지라

수심이오. 꿈을 생시로 삼고지고. 황홀난측(恍惚難測) 수심이오. 수심, 수심, 깊은 수심. 한 데 모아 수심이오. 살고지고 수심이라. 그대 형용 눈에 암암, 그대 소리 귀에 쟁쟁 하였더니 이제 서로 만나 보니 천상 연분이 깊었도다. 이제 죽어도 한이 없도다. 아까 용왕이 이르시되 지성을 다하면 만나 보리라 하시더니 과연 허사가 아니로다."

하며 또 만단정회를 이르며 옷고름을 끌러 가슴을 만져 보니 온기가 있어 정신이 있는 듯한지라.

## 53

즉시 루슈를 거두고 회싱단[46] 일환을 가라 입에 너흐니 이윽고 호흡을 통흐며 정신을

츠려 완완이 이러나 안지며 즉스의 손을 잡고 왈 젼싱인가 이싱인가 진가를 알 슈 업

도다 젼싱 츠싱 무숨 죄로 우리 두리 빈필 되얏다가 이런 고초를 격눈고 즉엇던 인싱

다시 스라나 옥안을 다시 보니 깃부기도 긔지업고 반갑기도 칭냥 업네 즉스 쏘흔 반

가온 마음을 이기지 못흐야 낭즈의 손을 잡고 낙누흐여 왈 즉엇던 스룸 다시 보니 셜

상에 쏫츨 본 듯 염쳔에 셜식 본 듯 금을 쥰들 살닐소냐 은을 쥰들 살닐소냐 이럿툿 즐

길 젹에 엇지 안이 신긔흐랴 피츠 졍회 못다 풀고 힝구를 일변 츠려 별션을 쌍교에 틱

여 가지고 동지 집으로 츠져 가니 잇찍 동지 닉외 별션과 학공을 영결흔 후 눈물로 셰

자사가 누수를 거두고 회생단(回生丹) 일(一) 환(丸)을 갈아 입에 넣으니 이윽고 호흡을 통하며 정신을 차려 완완히 일어나 앉으며 자사의 손을 잡고 말하기를

"전생인가, 이생인가 진가(眞假)를 알 수 없도다. 전생, 차생 무슨 죄로 우리 둘이 배필 되었다가 이런 고초를 겪는고? 죽었던 인생 다시 살아나 옥안(玉顔)을 다시 보니 기쁘기도 그지없고 반갑기도 측량없네."

자사 또한 반가운 마음을 이기지 못하여 낭자의 손을 잡고 낙루하며 말하기를

"죽었던 사람 다시 보니 설상(雪上)의 꽃을 본 듯 염천(炎天)에 설색(雪色) 본 듯 금을 준들 살릴쏘냐? 은을 준들 살릴쏘냐? 이렇듯 즐길 적에 어찌 아니 신기하랴!"

피차 정회 못다 풀고 행구를 일변 차려 별선을 쌍교에 태워 가지고 동지 집으로 찾아 가니 이때 동지 내외 별선과 학공을 영결한 후 눈물로 세월을

월을 보너더니 홀연 뜻밧게 별션 니외 완완이 드러와 동지 니외 압헤 와 지비 통곡흐

거눌 동지 니외 엇진 영문을 몰나 의아흐더니 정신을 슈습흐여 보니 정녕 별션이라

달녀드러 별션을 안고 궁굴며 왈 이게 웬 일이냐 꿈이냐 싱시냐 흐며 무슈히 울며 가

로디 너의가 엇지흐야 스랏나냐 흐니 별션 니외 전후슈말을 낫낫치 말숨흐니 동지

니외 쫄의 스라나물 못너 깃거흐더라 이숨 일을 지니다가 동지 니외에게 흐직흐고

보내더니 홀연 뜻밖에 별선 내외 완완히 들어와 동지 내외 앞에 와 재배 통곡하거늘 동지 내외 어떤 영문인지 몰라 의아하더니 정신을 수습하여 보니 정녕 별선이라.

달려들어 별선을 안고 궁굴며 말하기를

"이게 웬 일이냐! 꿈이냐, 생시냐?"

하며 무수히 울며 가로되

"너희가 어찌하여 살았느냐?"

하니 별선 내외가 전후수말을 낱낱이 말씀드리니 동지 내외가 딸의 살아남을 못내 기뻐하더라. 이삼 일을 지내다가 동지 내외에게 하직하고

본부로 도라와 최 부인게 뵈오니 부인 왈 그 뉘뇨 ᄒ시니 ᄌᄉ 모부인게 전후 슈말을

고ᄒᆫ디 부인이 낭ᄌ의 손을 잡고 왈 낭ᄌ의 은덕으로 ᄌᄉ가 ᄉ랏스니 그 은혜를 무

엇으로 갑흐리오 ᄒ신디 별션이 염용 디 왈 시모님의 정성이옵 고 ᄌᄉ의 복이옵지

엇지 쳔첩의 힘이라 ᄒ오릿가 ᄒ며 효셩으로 셤기니 구고의 졍회가 날로 깁헛더라

ᄎ시에 ᄌᄉ 모친 만ᄂᆫ ᄉ연과 원슈 갑흔 일이며 별 낭ᄌ 맛ᄂᆫ 연유를 나라에 장계ᄒᆫ

후 황 승상과 임 감ᄉ에게 셔간ᄒ고 일변 황셩으로 향ᄒᆯ시 그 위의와 거동이 비홀 대

업더라 상이 ᄌᄉ의 장계를 보시고 디경 디희ᄒᄉ 왈 이런 일은 쳔고에 업ᄂᆫ 일이라

ᄒ시더라 황 승상과 임 감ᄉ 편지를 보시고 일변 놀납고 일변 칭찬ᄒ시며 날노 ᄌᄉ

올나오기를 고디ᄒ더라 ᄌᄉ 열어 날만에 황셩에 다다르니 황 승상과 임 감시 셩외

본부로 돌아와 최 부인께 뵈오니 부인 말하기를

"그 누구냐?"

하시니 자사가 모부인께 전후수말을 고한대 부인이 낭자의 손을 잡고 말하기를

"낭자의 은덕으로 자사가 살았으니 그 은혜를 무엇으로 갚으리오?"

하신대 별선이 조심스럽게 대답하기를

"시모님의 정성이옵고 자사의 복이옵지 어찌 천첩의 힘이라 하오리까?"

하며 효성으로 섬기니 구고의 정회가 날로 깊었더라.

차시에 자사가 모친 만난 사연과 원수 갚은 일이며 별 낭자 만난 연유를 나라에 장계한 후 황 승상과 임 감사에게 서간하고 일변 황성으로 향할새 그 위의와 거동이 비할 데 없더라.

상이 자사의 장계를 보시고 대경 대희하여 말하기를

"이런 일은 천고에 없는 일이라."

하시더라. 황 승상과 임 감사는 편지를 보시고 일변 놀라고 일변 칭찬하시며 매일 자사 올라오기를 고대하더라. 자사가 여러 날 만에 황성에 다다르니 황 승상과 임 감사가 성 밖에

에 나와 마즌 반기며 드러가니 칭찬 안이 ᄒᆞᄂᆞᆫ 지 업더라 즈ᄉᆞ 궐닉에 드러가 슉비

ᄒᆞ온디 상이 깃거ᄒᆞᄉᆞ 왈 경의 일은 천고에 드문지라 ᄒᆞ시고 ᄒᆞ교ᄒᆞ샤 학공으로 그

공로를 표ᄒᆞ야 벼슬을 도도시니 우의정을 ᄒᆞ이시고 별션으로 졍렬부인을 봉ᄒᆞ시

고 금은 치단을 무슈이 샤숑ᄒᆞ시니 즈ᄉᆞ 돈슈ᄒᆞ고 구지 사양ᄒᆞ니 상이 불윤ᄒᆞ시거

나와 맞아 반기며 들어가니 칭찬하지 않는 사람이 없더라. 자사가 궐내에 들어가 숙배하온대 상이 기뻐하여 말하기를

　"경의 일은 천고에 드문지라."

　하시고 하교하시어 학공으로 그 공로를 표하여 벼슬을 돋우시니 우의정을 내리시고 별선으로 정렬부인을 봉하시고 금은 채단을 무수히 사송하시니 자사가 돈수(頓首)하고 굳이 사양하니 상이 불윤(不允)하시거늘

## 55

놀 자시 마지못ᄒ야 퇴조ᄒ고 황 승샹 딕으로 나아가니 김 승
샹의 영화 일국에 읏듬

이러라 모친게 엿ᄌ오디 궐니에 드러가 샹이 작쳡[47] 나리신
연유를 ᄌ셔히 고ᄒ고 모

ᄌ 황은을 못니 감츅ᄒ더라 쏘 황 승샹게 뵈온디 승샹이 못니
깃거하시며 소경사를

무르시거놀 김 승샹이 고 왈 부친은 ᄌ셔히 드르시옵소셔 소ᄌ
가 당초에 부모게옵

셔 빅일긔도 ᄒ와 칠셩게 빌어 소ᄌ를 낫ᄉ더니 불ᄒᆡᆼᄒ와 부친
을 조별 후에 모친게

옵셔 ᄌ녀를 다리시고 사옵더니 종놈들에게 불의지변에 만나
숩모자가 다 죽게 되

엿숩더니 쳔ᄒᆡᆼ으로 환난을 면ᄒ옵고 모ᄌ 남미 셔로 샹별ᄒ온
사연과 그 놈들이 계

도셤에 드러가 사ᄂᆞᆫ 말을 듯고 ᄎᄌ 드러가 동지의 사화 되얏
다가 학공인 줄 알고 죽

이려 ᄒ던 말ᄉᆞᆷ이며 별션이 디신 죽은 말ᄉᆞᆷ과 부친게셔 현몽ᄒ
야 모친과 남미 맛ᄂᆞᆫ

자사가 마지못하여 퇴조하고 황 승상 댁으로 나아가니 김 승상의 영화가 일국에 으뜸이러라. 모친께 여쭈되 궐내에 들어가 상이 작첩 내리신 연유를 자세히 고하고 모자가 황은(皇恩)을 못내 감축하더라. 또 황 승상께 뵈온대 승상이 못내 기뻐하시며 겪은 일을 물으시거늘 김 승상이 고하기를

"부친은 자세히 들으시옵소서. 소자가 당초에 부모께옵서 백일기도 하여 칠성께 빌어 소자를 낳으셨더니 불행하여 부친을 일찍 잃은 후에 모친께옵서 자녀를 데리시고 사옵더니 종놈들에게 불의지변을 만나 삼모자(三母子)가 다 죽게 되었더니 천행으로 환난을 면하옵고 모자와 남매가 서로 이별하였나이다."

하는 사연과 그 놈들이 계도섬에 들어가 사는 말을 듣고 찾아 들어가 동지의 사위 되었다가 학공인 줄 알고 죽이려 하던 말씀이며 별선이 대신 죽은 말씀과 부친께서 현몽하여 모친과 남매 만난

전후수말을 낫낫치 엿즈온디 승상이 놀니여 낙누 왈 잔잉ᄒ고 가련ᄒ도다 니 그러

ᄒᆫ 줄을 아랏스면 이제야 원수를 갑게 ᄒ얏스리오 ᄒ시며 자탄 ᄒ시더라 황 승상이

집 압혜 큰 집을 지여 김 승상을 쥬시니 승상이 모친과 미덕과 양 부인을 다리고 즉시

시 집으로 이사ᄒ야 안돈ᄒ니라 승상이 고향에 ᄂ려갈 졔 각 읍에 션문 노코 열읍에

전후수말을 낱낱이 여쭈온대 승상이 놀라 눈물을 흘리며 말하기를

"자닝하고 가련하도다. 내가 그러한 줄을 알았으면 이제야 원수를 갚게 하였으리오."

하시며 자탄하시더라. 황 승상이 집 앞에 큰 집을 지어 김 승상을 주시니 승상이 모친과 미덕과 양 부인을 데리고 즉시 새 집으로 이사하여 안정하니라. 승상이 고향에 내려갈 제 각 읍에 선문 놓으니 열읍에서

## 56

셔 동동호더라 여러 눌만에 홍천부 북면에 다다르니 고튁은
터만 나마 잇고 인적이

업논지라 부친 분묘에 올나가니 구용이 젹막호니 엇지 안이
슬푸리오 분묘를 붓들

고 슬퍼 이통호니 쵸목금수 다 셔러호는 듯호더라 즉시 사쵸[48]
잡슨 후에 셕물[49]을 극진

이 셰우니 뉘 아니 칭찬호리오 노비 젼답을 만이 작만호여 축
호에 두고 길을 쩌날식

분묘 압헤 가 호직을 고호려 호더니 홀연 몸이 곤호야 분묘
압헤 업듸엿더니 비몽간

에 부친이 와 학공을 어루만지며 왈 긔특호다 학공아 쳔신만고
사라ᄂᆞ셔 원수를

갑고 집을 회복호니 쳔고에 업논 효자라 호고 닉 너를 위호야
옥황상졔게 엿쥬어 수

부다남자[50] 호게 졈지호엿스니 부듸 만수무강 지니여라 호시
더니 간 듸 업거늘 씨

동동하더라. 여러 날 만에 홍천부 북면에 다다르니 고택(故宅)은 터만 남아 있고 인적이 없는지라. 부친 분묘에 올라가니 구용이 적막하니 어찌 아니 슬프리오. 분묘를 붙들고 슬피 애통하니 초목금수가 다 슬퍼하는 듯하더라. 즉시 사초(死草) 잡은 후에 석물(石物)을 극진히 세우니 뉘 아니 칭찬하리오. 노비와 전답을 많이 장만하여 축 아래에 두고 길을 떠날새 분묘 앞에 가 하직을 고하려 하더니 홀연 몸이 곤하여 분묘 앞에 엎드렸더니 비몽 간에 부친이 와 학공을 어루만지며 왈

"기특하다, 학공아. 천신만고에 살아나서 원수를 갚고 집을 회복하니 천고에 없는 효자라."

하고

"내 너를 위하여 옥황상제께 여쭈어 수부다남자(壽富多男子) 하게 점지하였으니 부디 만수무강 지내어라."

하시더니 간 데 없거늘

다르니 남가일몽이라 슬푼 마음이 더욱 간절ᄒ야 통곡 ᄒ직ᄒ
고 올나와 모친게 뵈

옵고 가향에 나려가 치산ᄒ 일이며 위젼과 노비 장만ᄒ 일과
부친이 현몽ᄒ시든 일

을 일일이 고ᄒ니 부인이 쏘ᄒ 비감ᄒ시더라 그 길로 궐닉에
슉비ᄒ고 나와 임 감사

딕에 가 현알ᄒ니 무사이 단녀옴을 치ᄒᄒ더라 승상이 집에
도라와 낫이면 텬자를

셤겨 국사를 의론ᄒ며 밤이면 모부인을 셤겨 가사를 다사리니
권셰 날노 융셩ᄒ더

깨달으니 남가일몽이라. 슬픈 마음이 더욱 간절하여 통곡 하직하고 올라와 모친께 뵈옵고 고향에 내려가 치산한 일이며 위전과 노비 장만한 일과 부친이 현몽하시던 일을 일일이 고하니 부인이 또한 비감하시더라. 그 길로 궐내에 숙배하고 나와 임 감사 댁에 가 현알하니 무사히 다녀옴을 치하하더라. 승상이 집에 돌아와 낮이면 천자를 섬겨 국사를 의논하며 밤이면 모부인을 섬겨 가사를 다스리니 권세 갈수록 융성하더라.

## 57

라 잇쩌 신 승상이라 ᄒᆞ는 ᄌᆞ상이 일ᄌᆞ를 두고 널니 구혼ᄒᆞ다가 김 승상의 미제가 현

슉홈을 듯고 승상부에 미파를 보ᄂᆡ엿더니 미파 승상부에 나아가 신 승상 ᄃᆡᆨ에셔 왓

노라 ᄒᆞ니 승상이 쳥ᄒᆞ야 무삼 일로 온 것을 무르니 미파 ᄃᆡ왈 ᄃᆡᆨ에 현슉ᄒᆞᆫ 쇼져 게시

다 ᄒᆞᆸ기로 구혼코자 왓ᄂᆞ이다 ᄒᆞ거놀 승상이 허락ᄒᆞᆫ지라 미파 도라와 그 ᄉᆞ연

을 고ᄒᆞ니 신 승상이 깃거 즉시 ᄐᆡᆨ일ᄒᆞ되 츈삼월 망일이라 길일을 당홈이 신낭이 길

복을 갓쵸고 김 승상부에 나아가 교ᄇᆡ석에 이르니 신낭의 름름ᄒᆞᆫ 풍치와 신부의 요

조ᄒᆞᆫ ᄐᆡ도는 일쌍가위라 례를 ᄑᆞᄒᆞ고 안으로 드러가니 최 부인과 승상이 ᄌᆞ연 비감

ᄒᆞ야 지ᄂᆡ시더라 샴 일을 지ᄂᆡᆫ 후 신부 례를 츠리여 시가에 이르니 친쳑 향당 졔인이

구름 뫼듯 ᄒᆞ엿더라 ᄉᆞ당에 나아가 ᄇᆡ알ᄒᆞ고 당에 올나 구고게 현알ᄒᆞ니 승상 양위

이때 신 승상이라 하는 재상이 일자(一子)를 두고 널리 구혼하다가 김 승상의 매제가 현숙함을 듣고 승상부에 매파를 보내었더니 매파가 승상부에 나아가

"신 승상 댁에서 왔노라."

하니 승상이 청하여 무슨 일로 온 것인지를 물으니 매파가 대답하기를

"댁에 현숙한 소저 계시다 하옵기로 구혼코자 왔나이다."

하거늘 승상이 허락하는지라. 매파가 돌아와 그 사연을 고하니 신 승상이 기뻐 즉시 택일하되 춘삼월 망일이라. 길일을 당하매 신랑이 길복을 갖추고 김 승상부에 나아가 교배석에 이르니 신랑의 늠름한 풍채와 신부의 요조한 태도는 참으로 한 쌍이라. 예를 파하고 안으로 들어가니 최 부인과 승상이 자연 비감하여 지내시더라. 삼 일을 지낸 후 신부가 예를 차리어 시가(媤家)에 이르니 친척 향당 제인이 구름 모이듯 하였더라. 사당에 나아가 배알하고 당에 올라 구고께 현알하니 승상 양위(兩位)가

신부의 유한 셩덕이 낫하나물 보고 못니 깃거ᄒ시더라 ᄯᅩ 원근 친척이 칭찬 안이 ᄒ

ᄂ 지 업더라 일일은 김 승샹이 모부인게 고 왈 유모가 우리 모자를 위ᄒ야 싯싱구ᄉ51)

를 ᄒ여사오니 쳔은 수만 냥과 황금 수천 냥을 주어 공을 표홈이 조흘가 ᄒᄂ이다 ᄒ

니 부인이 ᄯᅩᄒᆫ 깃거 허락ᄒ시더라 ᄯᅩ 옥향과 춘셤을 불너 각각 은자 만 냥식 쥬어 왈 신부의 유한 성덕이 나타남을 보고 못내 기뻐하시더라. 또 원근 친척이 칭찬 아니 하는 자 없더라. 일일은 김 승상이 모부인께 고하기를

"유모가 우리 모자를 위하여 삼생구사(三生九死)를 하였사오니 천은 수만 냥과 황금 수천 냥을 주어 공을 표함이 좋을까 하나이다."

하니 부인이 또한 기뻐 허락하시더라. 또 옥향과 춘섬을 불러 각각 은자 만 냥씩 주며

너의는 우리 모자를 위흐야 충성이 지극함으로 이 거시 약소하나 일노 가산을 삼으

라 하며 속냥52)하야 주시며 선향에 도라가 양민 되여 유자유손하고 잘 살나 하시거날

옥향 춘섬이 승상의 관후 대덕하심을 못내 칭송하더라 모부인이 승상을 불너 왈 내

총망 중 이젓노라 영월암 광선의 은혜을 무엇으로 갑흐리오 하신대 승상이 즉시 금

은 채단 수십 태를 준비하야 보낼새 부인이 일봉서를 써 쥬니라 그 글에 하얏스되 홍

천부 북면에서 거하든 최씨는 돈수백배53) 하나니 광선 사고는 구버 하갑하압소서 슬

푸다 죽게 되여 표박 서남 하는 인생을 자비지덕을 나리워 십여 년을 존문에 의탁하

여 잔명을 부지하얏더니 천행으로 아자를 만나 영화 부귀가 비할 대 업사오니 존사

"너희는 우리 모자를 위하여 충성이 지극하므로 이것이 약소하나 이것으로 가산을 삼으라."

하며 속량하여 주시며 선향에 돌아가 양민 되어 유자유손(有子有孫) 하고 잘 살라 하시거늘 옥향과 춘섬이 승상의 관후대덕하심을 못내 칭송하더라. 모부인이 승상을 불러 말하기를

"내가 총망중(悤忙中) 잊었노라. 영월암 광선의 은혜를 무엇으로 갚으리오."

하신대 승상이 즉시 금은 채단 수십 태를 준비하야 보낼새 부인이 일봉서(一封書)를 써 주니라. 그 글에 하였으되

흥천부 북면에 거하던 최씨는 돈수백배(頓首百拜) 하나니 광선 사고는 굽어 하감하옵소서. 슬프다! 죽게 되어 표박(漂迫) 서남(西南) 하는 인생을 자비지덕을 내리어 십여 년을 존문에 의탁하여 잔명을 부지하였더니 천행으로 아이를 만나 영화 부귀가 비할 데 없사오니 존사의

의 애휼지덕이 아니오면 엇지 귀한 몸이 되엿사오릿가 맛당이 나아가 뵈오렷만은

쓸대업는 나이 만아 신노 다병하압기로 마음과 갓치 못 하와 섭섭하기로 수종 미물

을 보내며 정회를 표하오니 내내 긔체 안령하옵소서 하엿더라 잇때 사괴 최 부인을

이별하고 소식이 적조하야 궁금이 지내든 차에 서간 옴을 보고 못내 칭송하며 답서

하야 보내더니 이러구러 세월이 여류하야 황 승상 내외가 모다 구몰54)하시매 례로써

애홀지덕이 아니오면 어찌 귀한 몸이 되었사오리까? 마땅히
나아가 뵈오려만은 쓸데없는 나이 많아 몸은 늙고 다병(多病)
하옵기로 마음과 같지 못하여 섭섭하기로 수종 미물을 보내며
정회를 표하오니 내내 기체 안녕하옵소서.

하였더라. 이때 사고는 최 부인을 이별하고 소식이 적조(積
阻)하여 궁금히 지내던 차에 서간 오는 것을 보고 못내 칭송하
며 답장하여 보내더니 이러구러 세월이 여류하여 황 승상 내외
가 모두 구몰(俱沒)하시매 예로써

선산에 안장하고 임 감사ㅣ 또 양위55) 구몰하시거날 례로써 안장하니라 일일은 또 동

지 내외 구몰하니 별선의 애고지통을 엇지 다 말하리오 선산에 안장한 후 또 세월이

홀홀하야 최씨 부인이 춘추 구십에 홀연 득병하야 백약이 무효라 맛참내 별세하시

니 승샹의 애통하심이 전일보다 더하시더라 초종을 맛친 후 석 달만에 선산에 안장

하고 삼 년 초토를 극진이 밧든 후에 부인과 아자들노 세월을 보내더라 광음이 홀홀

하야 별 낭자는 이자 삼녀를 두엇스되 장자의 명은 수상이오 차자의 명은 추강이오

장녀의 명은 채봉이어 차녀의 명은 채황이오 삼녀의 명은 채학이라 또 임 낭자는 일

자 일녀를 두엇스되 아달의 일홈은 추영이오 차녀의 명은 채란이라 아자는 다 각각

소년 등과하야 벼살이 일품에 거하며 명망이 조야에 진동하더라 녀자는 다 각각 명

선산에 안장하고 임 감사 양위(兩位)도 구몰하시거늘 예로써 안장하니라. 일일은 또 동지 내외 구몰하니, 별선의 애고지통 (哀苦之痛)을 어찌 다 말하리오.

선산에 안장한 후 또 세월이 훌훌하여 최씨 부인이 춘추 구십에 홀연 득병하여 백약이 무효라. 마침내 별세하시니 승상의 애통하심이 전일보다 더하시더라. 초종을 마친 후 석 달 만에 선산에 안장하고 삼 년 초토(剿討)를 극진히 받든 후에 부인과 아이들로 세월을 보내더라. 광음이 훌훌하여 별 낭자는 이자 (二子) 삼녀(三女)를 두었으되 장자의 명은 수상이요, 차자의 명은 추강이요, 장녀의 명은 채봉이요, 차녀의 명은 채황이요, 삼녀의 명은 채학이라. 또 임 낭자는 일자(一子) 일녀(一女)를 두었으되 아들의 이름은 추영이요, 차녀의 명은 채란이라. 아들은 다 각각 소년 등과하여 벼슬이 일품에 거하며 명망이 조야에 진동하더라. 딸들은 다 각각 명족

족 거문에 연혼하야 계계승승 하더라 별 낭자가 임 낭자로 더
부러 매양 안지면 전일
에 고초 격든 일을 말삼하며 승상을 서로 위로하야 지내는 정
회가 친동긔에서 더하
더라 이러구러 세월을 보내더니 일일은 승상이 홀연 조으더니
비몽간에 백발로인
이 머리에 속발관을 쓰고 손에 백우선을 쥐고 와 이로대 그대
세상 자미 엇더 하뇨 지

거문에 연혼하여 계계승승하더라.

별 낭자가 임 낭자로 더불어 매양 앉으면 전일에 고초 겪던 일을 말씀하며 승상을 서로 위로하여 지내는 정회가 친동기(親同氣)보다 더하더라.

이러구러 세월을 보내더니 일일은 승상이 홀연 졸더니 비몽간에 백발노인이 머리에 속발관을 쓰고 손에 백우선을 쥐고 와 이르되

"그대 세상 재미 어떠하뇨?

## 60

금은 우리 셔로 모일 찍고 되얏스니 인간을 흥직흐고 밧비 영

쥬 슴신산으로 가주 흐

고 집헛든 집힝이로 상을 치거눌 그 소릭에 놀나 찍다르니 남

가일몽이라 이러 안져

두 부인과 여러 주녀 등을 다 불너 안치고 몽스를 말숨흐시며

의관을 정졔흐시고 상

에 의지흐야 졸흐시니 두 부인의 슬허홈과 여러 주녀 등이 통

곡흐니 그 잔잉홈을 엇

지 다 긔록흐리오 쵸종을 맛친 후에 슴 년을 지셩으로 밧들더

라 여러 아들더리 부풍

모습56) 흐야 벼살이 다 각각 일품에 잇셔 셰상에 그릴 것이 업

더라 이러흔 일이 고금에

드문 고로 딕강 긔록흐야 후셰 스룸들을 보게 흐니라


김학공젼 죵

지금은 우리 서로 모일 때가 되었으니 인간을 하직하고 바삐 영주 삼신산으로 가자."

하고 짚었던 지팡이로 상을 치거늘 그 소리에 놀라 깨달으니 남가일몽이라. 일어나 앉아 두 부인과 여러 자녀 등을 다 불러 앉히고 몽사를 말씀하시며 의관을 정제하시고 상에 의지하여 졸하시니 두 부인의 슬퍼함과 여러 자녀 등이 통곡하니 그 자닝함을 어찌 다 기록하리오. 초종을 마친 후에 삼 년을 지성으로 받들더라. 여러 아들들이 부풍모습(父風母習)하여 벼슬이 다 각각 일품에 있어 세상에 그릴 것이 없더라. 이러한 일이 고금에 드문 고로 대강 기록하여 후세 사람들을 보게 하니라.


김학공전 종(終)

미주

1) 주장무인(主張無人): 맡아 주장할 사람이 없음.

2) 흉격(胸膈): 가슴속, 마음속.

3) 자작일촌(自作一村): 뜻이 같은 사람들이나 한 집안 사람들이 모여 하나의 마을을 이룸.

4) 실가지락(室家之樂): 부부 사이의 즐거움.

5) 염용(斂容): 용모를 단정히 함.

6) 풍양(豐穰)하다: 얼굴 등이 원숙함.

7) 일쌍가위(一雙可謂): 한 쌍이라 할 만함.

8) 요조숙녀 군자호구 (窈窕淑女 君子好逑): 품행이 고운 여인은 군자의 좋은 배필이라는 뜻.

9) 견권지정(繾綣之情): 마음속에 단단히 맺혀 잊지 못하는 정.

10) 비취(翡翠): 물총새.

11) 과만(過滿): 분수에 넘침.

12) 대경차악(大驚且愕): 몹시 크게 놀람.

13) 천방지방(天方地方): 몹시 급하여 허둥지둥함.

14) 호천고지(呼天叩地): 매우 슬퍼 하늘을 보고 부르짖으며 땅을 침.

15) 창망(滄茫): 넓고 멀어 아득함.

16) 삼종지례(三從之禮): 여인이 따라야 할 세 가지 도리.

17) 단불: 한참 타오르는 불.

18) 영측(盈昃): 차고 기욺.

19) 의희(依稀): 비슷함.

20) 염용(斂容): 몸가짐을 조심함.

21) 관곡(款曲)히: 정답고 친절하게.

22) 기이다: 숨겨 바로 말하지 않다.

23) 부복(俯伏): 고개를 숙이고 땅에 엎드림.

24) 생불여사(生不如死): 사는 것이 죽느니만 못함.

25) 주란화각(朱欄畫閣): 단청을 곱게 하여 화려하게 꾸민 누각.

26) 황모무심필(黃毛無心筆): 족제비 꼬리털로 만든 무심필.

27) 천리타향봉고인(千里他鄉逢故人): 천리 먼 타향에서 고향 친구를 만난 기쁨을 표현한 시구.

28) 의려(疑慮)하다: 의혹으로 염려하다.

29) 일구월심(日久月深): 날이 가고 달이 깊어 세월이 지나가도 바라는 마음이 간절함.

30) 경개절승(景槪絶勝): 경치가 매우 빼어남.

31) 감색(監色): 감관(監官)과 색리(色吏).

32) 안접(安接)하다: 편안히 머물러 살다.

33) 주졸(走卒): 심부름하며 바쁘게 돌아다니는 사람.

34) 기치창검(旗幟槍劍): 군대에서 쓰는 깃발, 창, 검 등.

35) 고각(鼓角): 북과 나발.

36) 애고지심(哀苦之心): 슬프고 괴로운 마음.

37) 묘창해지일속(渺蒼海之一粟): 아득히 넓은 바다에서 좁쌀 같이 작은 존재를 이르는 말.

38) 오두백마생각(烏頭白馬生角): 까마귀 머리가 희게 되고 말 머리에 뿔이 남.

39) 하운다기봉(夏雲多奇峰): 여름 구름이 만든 기이한 봉우리가 많다.

40) 춘수만사택 (春水滿四澤): 봄에는 물이 많아 사면의 연못에 물이 가득하다.

41) 하처춘풍지(何處秋風至): 어느 곳에서 가을바람이 불어왔나.

42) 독조한강설(獨釣寒江雪): 혼자 낚시하는데 차가운 강에 눈이 내리네.

43) 정객관산노기중(政客關山路幾重): 임 계신 변방의 관사에 가는 길은 얼마나 먼가.

44) 서출양관무고인(西出陽關無故人): 서쪽 양관으로 가면 벗이 없음.

45) 홀견맥두양류색(忽見陌頭楊柳色) 회교부서멱봉후(悔敎夫婿覓封侯): 문득 길가의 버드나무 빛을 보고 남편을 벼슬 찾아 보낸 것 후회하네. 당나라 시인 왕창령의 시 규원(閨怨)의 일부이다.

46) 회생단(回生丹): 의식을 잃은 사람이 의식을 회복할 수 있는 약.

47) 작첩(爵帖): 작위를 명하는 문서.

48) 사초(死草): 죽어 마른 풀.

49) 석물(石物): 무덤 앞에 놓는 돌로 만든 여러 가지 물건들.

50) 수부다남자(壽富多男子): 수명이 길고 부유하며 아들이 많음.

51) 삼생구사(三生九死): 여러 번 죽을 고비를 넘김.

52) 속량(贖良): 노비의 신분에서 벗어나게 함.

53) 돈수백배(頓首百拜): 머리가 땅에 닿도록 하여 계속 절을 함.

54) 구몰(俱沒): 부모 모두가 돌아가심.

55) 양위(兩位): 부모 혹은 부모처럼 여기는 내외.

56) 부풍모습(父風母習): 아버지와 어머니의 모습을 닮음.

저자 **서유경**

   서울대학교 국어교육과를 졸업하고, 동대학원에서 석박사 학위를 취득하였으며, 현재 시립대학교 국어국문학과에 재직하고 있다.

   주요 논문으로는 「공감적 자기화를 통한 문학교육 연구」(2002), 「고전문학교육 연구의 새로운 방향」(2007), 「〈숙향전〉의 정서 연구」(2011), 「〈심청전〉의 근대적 변용 연구」(2015) 등 다수가 있고, 저서로는 『고전소설교육탐구』(2002), 『인터넷 매체와 국어교육』(2002), 『판소리 문학의 문화 적응과 확산』(2016) 등이 있다.

# 김학공전

**초판인쇄**  2019년 12월 10일
**초판발행**  2019년 12월 17일

**옮 긴 이**  서유경
**발 행 인**  윤석현
**책임편집**  박인려
**발 행 처**  도서출판 박문사
**등록번호**  제2009-11호
**우편주소**  서울시 도봉구 우이천로 353 성주빌딩 3F
**대표전화**  (02) 992-3253
**전    송**  (02) 991-1285
**전자우편**  bakmunsa@daum.net

ⓒ 서유경, 2019.

ISBN 979-11-89292-53-9 03810          정가 14,000원